火事と喧嘩は江戸の華

の葬

火事と喧嘩は江戸の華——目次

名作の誤算

千代女の場合

朝顔につるべとられてもらい水

加賀の千代女の、あまりにも有名な俳句である。だが、どう考えてみても、こんなことは、あり得ないことである。彼女は、井戸水を毎日汲《く》むのか、一日おきか知らないが、朝顔のつるなど、そうっとやさしく巻き返せば、折れずに取れる。彼女は、その手間《てま》を惜しんで、お隣りへでも、水をもらいに行ったとすれば、その手間のほうが、はるかにたいへんだ。一般庶民の集落では、井戸など、どの家にもあるものではない。一部落に一つか二つだから、井戸端会議というものが成り立つ。

千代女の隣りの家にも井戸があったとすれば、両家とも格式のある広大な屋敷と考えられるし、もらい水など大《おお》ごとである。

太宰治の小説の中に「井戸が遠いから、いい気味だ」と、おばやんが悪口を言うところがあるが、太宰の、この庶民感覚はすごい。太宰文学の真骨頂である。

さて千代女は、その年の朝顔が枯れるまで、もらい水をしたのか。とても重労働に堪《た》えきれまい。とすれば、もらい水をして、勝手仕事をすませて、それからおもむろに朝顔のつるを巻き戻《もど》したのか。仕事の手順が、まことに不自然である。

「すみません、お水をいただきたいんですが……」

「あら、お千代さん。井戸が、どうかなすって?」

「いえその、朝顔が、つるべに巻きついて、えゝ、そのままにしてあげないと朝顔がかわいそうで……」

「おやく、思いやり深くていらっしゃいますこと」

こんな歯の浮くようなキザっぽい会話があったというのか。でも、もらい水をする間柄《あいだがら》であれば、なにかひとっ話《ぱなし》しなくてはなるまい。

なぜ、千代女の、この句が名句なのか。ここまで書いたことは、この句の、ほんとうの解釈ではなくて、もっと別の事情、別の状況だったのではないか。「あの句は、こういう意味なんだよ」と説明してくれる俳人はいないのか。こっちが認識不足なのか。どっちにしても一般の人は、千代女の、もの言わぬ朝顔にまでの思いやりをあらわした句としか受けとっていない。しかし、どう考えてもこれは、不自然である。

・〜・〜・〜・

元来、俳句は感傷過多の作品である。いや俳句に限らず、文学全般、芸術全般、すべて感傷過多の産物と言えるかもしれない。

俳句の感傷過多については、かつて評論家の福原氏が一説をまとめていて面白い。その中から一つ二つ引用させてもらうと、

行水の捨てどころなし虫の声　（鬼貫）

上島鬼貫《おにつら》は、江戸中期の、名のある俳人だが、この句に対し、古川柳は、

鬼貫は夜じゅうたらいを持ち歩き

と、冷《ひ》やかしている。

目には青葉山ほととぎす初鰹　（素堂）

に対し、冗談ではない、当時、初鰹など、とても庶民の口には、はいらなかったと、古川柳では、

目と耳は、タダだが、口は金《かね》が要《い》り

と、あっさり皮肉っている。先述の千代女が、後家になった淋しさをあらわした名句、

起きて見つ寝て見つ蚊帳《かや》の広さかな

に対し、

お千代さん、そんなに広けりゃはいろうか

もちろん川柳の諷刺には、単なる野次馬的、おっちゃらかしから、下品下劣なものまであるが、痛烈な、寸鉄人を刺す作品が非常に多い。

過大表現、感傷過多、感情移入の三Kから、芸術は成り立っている、というから、俳句に

限らず、短詩形のもの、いや小説でも、そんなに有難がったりするものではない、ということである。

・〜・〜・〜・

小説《ノベル》は、フィクションとも言うから、虚構で作り話のことである。あの小説にはモデルがある、などと言うが、実在のモデルで問題をおこすような場合はきわめて少ない。一般に作家は、一つの恋愛経験から百編の恋愛小説を書くというのが常識で、モデルと実在人物とは全く別のものになっている。モデルのことを詮索《せんさく》する人は、小説を書かない人である。書けない人である。

・〜・〜・〜・

世の中には、小説とか文学とかを小《コ》バカにして、全く読まない人がいる。軽蔑《こばか》にしているということは、どこかで読んだ経験があるということで、つまり学校の教科書かなんかで仕方なく読まされて、つまらない思いをしたのであろう。ここで小説を話題にするからには、たいていの人が読む機会のあった小説を採り上げねばならない、ということである。

羅生門

天変地異で、人々が塗炭《とたん》の苦しみにあえいでいた平安朝のある時期、都大路の南端にあった羅生門。その楼《ろう》の上、わかりやすく言えば、門の二階である。建具などはない。そこには餓死した行き倒れの死体が、ゴロ〳〵捨ててある。そこで、食いつめて骨と皮だけになった老婆と、やはり食いつめた身分の卑しい男とが遭《あ》う。この若い男は、顔の面皰《にきび》を気にしている。ニキビなら青春の象徴《シンボル》で、あっても当然だが、ロクなものを食べてない餓死寸前の人間にニキビは合わない。これは吹き出ものであろうと文句をつけた人がいたが、そんな些細《ささい》な理屈を言い出すと、老婆の話の中に「ここに死んでいる女は、蛇を取ってきて乾燥させ、干《ほ》し魚だと言って売り歩いた。味がよくて評判がよかったが、そんなインチキをした悪女だ」とある。この逆《ぎゃく》で、干し魚を蛇といつわったらインチキで、蛇と魚では、栄養価値が全然違う。と文句をつけた人がいたが、これはダメ。今昔物語に出てくるが、当時、蛇は毒だとされていたのである。この種のものは、ボヤキとか、おっちゃらかしに過ぎないが、この羅生門には致命的なウソがある。しかもそれは、少年期にこの小説を読んだときの感銘、そのクライマックスとも言うべきところである。

（老婆は）暗闇の中を梯子《はしご》の口まで這《は》って行った。そうして、そこから短い白髪《しらが》を倒《さかさま》にして門の下を覗《のぞ》きこんだ。外には黒洞々《こくとうとう》たる夜があるばかりである。下人の行方《ゆくえ》は誰も知らない。（了）

つまり、逆《さか》さになった老婆の白髪頭が、闇《やみ》を覗《のぞ》いている、というのは、すごい光景である。鉄棒の逆《さか》上がりの途中のような形で、顔が逆《さか》さになっている。読者は、鉄棒の、あの格好《かっこう》を考えて、老婆の逆さの顔を想像したのである。

ところがどっこい、巨大木造建築に使用される梁《はり》とか桁《けた》の厚さは、とてつもないものである。ふつうの民家でも、四間《けん》ばりだと、梁の材木の厚さは二尺近くになる。と言って、あまり厚いと、それ自体の重さでたるむので、力学的に計算して曲り材などの使用を工夫《くふう》するという。いずれにしても羅生門ともなれば、横木《よこぎ》の厚さは二尺以上になる。骨と皮だけの老婆が、はら這《ば》いの形で下をのぞいたとしても、垂直の真下《ました》を見るのが精一杯で、無理に這《は》い出ようとすれば、頭は意外に重いから、もんどり打って石畳《いしだたみ》にたたきつけられるはずである。

闇の中の、さかさの白髪首《しらがくび》など、絶対に有り得ない光景で、しかもその光景に、少年期の読者は酔《よ》ったのである。おそらく作者の芥川も、その凄絶《せいぜつ》なフィナーレに酔って書いたのであろう。

「鼻」の残虐

ついでに、芥川の代表作「鼻」を採り上げてみよう。これは差別文学であると怒《おこ》っていた人がいたが、そういう解釈も出来なくはない。今昔物語と宇治拾遺から採《と》った作品だが、原典そのものが遠慮会釈《えしゃく》のないもので、芥川は「それに野性の美を感じていた」という。彼は、人生の満足も不満足も、他人の目にうつる自分を気にしているに過ぎない、としている。

人間には、矛盾した二つの感情がある。誰でも他人の不幸に同情する。ところが、その人が、その不幸を切りぬけると、今度はもの足りなくなって、もう一度その人を、同じ不幸におとしいれてみたいと思う。と、この小説の中で説明している。


禅智内供《ないぐ》という僧がいた。鼻がバカでかくて、あごの下まで下《さ》がって、太い腸詰めのような物体が、顔の中心を占領している。五十歳を超えていたが、今までこの鼻のために、どれだけ悩んだかしれない。食事をするときには小僧がそばについていて、板で鼻を持ち上げさせて食べる。その肉体的精神的苦痛は、はかりしれない。彼は、この鼻を人並みにして、自尊心を取り戻そうと必死になり、薬物療法、物理的療法等、あらゆる手段を講ずる。そして、ついに念願を達し人並みの鼻になる。

ところが、まわりの僧俗から小僧から、近所の子供まで、内供を見て笑う。くすくす笑いが、あざけり笑うようになる。デカ鼻のときも、ひっそり笑われていたことは承知していたが、今度は、その時の笑いと種類が違う。内供の悩みは、また始まる。芥川は「傍観者の利己主義」と書いている。

ところがある日、一夜にして鼻が、昔のデカ鼻に戻《もど》ったのである。内供は、「もうこれで誰も嗤《わら》わない」と満足する、という話。

作者に、なぜこんな小説が書けたか、と言うと、芥川には、ひと目につくほどの肉体的欠《けっ》陥《かん》がなかったからであろう。あったにしても、なんとか、ごまかせる程度のものであったろう。頭に、十円玉程度《ていど》のハゲがあっても、長髪を許されなかった田舎の子供の、一生を狂わすことがある。顔の部品に、人並みでないところがあったり、顔の印刷がズレていることで、その人間の生涯を決定づけることがある。子供は、学齢期に、決定的な打撃を受ける。子供は、残忍非情きわまる動物で、いじめの大部分は、顔や軀《からだ》が原因している。これは、障害者とは全く別の話で、混同されては困る。

頭がハゲるのは概して男のほうが多い。ハゲを全く気にしない男がいるのも事実だが、彼等のほとんどは、一度は気に病《や》み、そして悟ったのである。自《みず》らに言いきかせたのである。

他人には、気にしていない風《ふう》をしているが、実際は悩んでいる人が多い。でなければ、ハデなコマーシャルで売り上げをのばしている「かつら屋」や、出ては消え、また出てくるインチキ発毛剤が売れるわけがない。
作曲家の山田耕筰も、ハゲに悩んだが、ある時、すぱッと思い切ってハゲの手入れをし始め、ピカ〱頭《あたま》にしたてた。朝日新聞文化欄の、同じく作曲家團伊玖磨のエッセイから引用してみる。

作曲家山田耕筰の名前は、耕作氏が頭髪がなくなった事を口惜しがって、せめて名前におケケを生やしたくて筰の字を使い出したのだと、これは御本人から聞いた。(以下略)

それでも、ハゲの場合は仲間が多いからいいが、禅智内供の鼻は、ただ一人の奇形児なのである。ハゲには、かつらも帽子もある。

・〜・〜・〜・〜・

金を貯《た》めて美容整形をした女を笑うことは出来ない。はじめは、かげで茶飲み話にするかもしれないが、それは一時的なものである。

「あの女《ひと》、整形したのよ」

「あら、そう。あたしはイヤ。親からもらった顔を……」などという会話が出来る女は、よほどうぬぼれているか、女優かモデルにでもなれそうな恵まれた女に限る。

デブの女がダイエットしてスマートになったら、みんな笑うのか。油断して、またデブに戻ったら、本人の気も休まるのか。

芥川の「鼻」を読んで感銘したとすれば、その人間は健常な人で、外見上の欠陥がない人間であろう。ひと目につくところに欠点があった場合、それを人並みに治療して、そのために一時的にまわりの者から、どんなに嘲笑されようと、満足するはずである。新しい世界が開け、新しい人間と出逢う。自信がつく。

孟子のくりごと

孟子の中に「無名の指」という有名な一節がある。「今、くすり指、つまり指の中で一番不要な感じのする指が曲がって伸《の》びない人がいたとする。痛くもかゆくもないし、日常生活に、なんら不都合なわけもない。ところが、もしこの指をまっすぐに伸ばしてくれる治療師がいたら、どんなに遠くても、どんなに無理してでも行くであろう。なぜか。指が人並みでないから、みっともないから、恥ずかしいからである。

ところが、指でなく、心が曲《ま》がっている場合、これは一大事であるのに、あえて直《なお》そうともしないのは何故であろう。これが問題なのだ」

この孟子の言わんとする趣旨は判《わか》る。だが孟子は「心こそ大事だ」と力説したところでダメだということを承知して書いているはずだ。これを読んで「そうだ。外見よりも心の問題だ。ものの豊かさが、心の貧しさを生《う》んだのだ」などとキレイごとを言う人がいる。不思議なもので、そういうヤツこそ心が曲がっている。

それはとも角として、二千三百年も前の孟子の時代も、今も、人間は全く変っていないことがわかって、安心し、気がラクになるというものである。

文学テスト

芥川は、夏目漱石に、この「鼻」を激賞されたことによって文壇に登場する。漱石が何故絶讃したかというと、彼は、胃弱ではあっても、堂々たる気品のある顔で、外見上の欠点など、さらにない。漱石が禅智内供のような鼻を持っていたら、世界に通用する千円札になど採用されてはいまい。

そもそも、当時、文壇に登場する作家たちは、一般庶民から見れば貴族で、エリートで、最高学歴で、特権階級に属する。貧しい人間、恵まれない人達を書いても、一段高いところから描写している。それを彼等は客観的と称する。

芥川という作家は、その文学賞は、あまりにも有名だが、意外に評価が低いのは意外である。秀雄も清張もあまり認めていないし、芥川文学をこっぴどくやっつけて世に出た有名人もいる。賞だけが残って、実態は幻影化するかもしれない、という人さえいるから、この世界はわからない。

芸術の中で「文学」というのは、実に特殊な分野である。妙なひびきを持っている。長い説明だと、かえってわからなくなるから、二、三、エピソード的な話を記してみる。

容姿端麗な女子大出の女性が見合いをした。見合い、と言うと古いようだが、今でも、形を変えて、いくらでもある。

その女性に見合うような好青年が紹介され、見合いそのものは実現したが、結果は不首尾に終った。女性が断《ことわ》ってきた。あんな男性はイヤだと言う。

「少しずつ話題が出て、こんな場合、一番ありきたりの平凡な質問をしたの。『あの、御趣味は?』って。そしたら、あの男、なんて言ったと思う?『文学です』……あたし、ゾウッとして、あゝもうダメだと思ったわ」

この女性は文科系で、小説がきらいなわけではない。ご趣味は?と聞かれて「画《え》が好きです。自分でもちょっと、……下手《へた》ですけど」とか「音楽です。クラシックですけど、……バロックなんか」……ちょっとキザでイヤらしいかもしれぬが、まあ〳〵である。

趣味は、と聞かれて、音楽ならピンポンで文学ならブーと言うのは何故か、と疑問を持つとしたら、もうその時点で、その人間はブーである。「趣味は文学です」と言われて、その男をしりぞけた女性は、まさしく才女である。

さて以上の話は、けっこう高度な話で、誰にでも通ずる話ではない。この話を、わかるように説明しろと言われても至難のワザである。その人間に、センスがあるかないか、たしかめるときに、この見合いの話を、リトマス試験紙にする人があるという。

市民劇団なんかで、劇団員を募集したり、入団希望者などが訪《たず》ねてくる。「何で芝居をやりたいのか」と訊《き》くと「舞台で、客を感動させたい」……審査員はゾウッとすると言う。もちろん不合格。「友だちが欲しいんです」と言って合格した子がいたと言う。

七郎のテスト

深沢七郎が、例の「風流夢譚事件」をおこして、北海道あたりまで逃げ回っていたとき、あまりに私服刑事が、深沢のまわりをうろついているので、その刑事たちに言った。

「もういいから、つきまとわんでくれ。ボクなんか殺されたって、なんとも思わない。平気だ」

「あゝ、そうとも。あんたなんか死んだってかまわんさ。おれ達は、あんたの小説なんか、読んだこともない。だが、もし、あんたが右翼の暴漢に殺されれば、こっちの首が飛《と》ぶんだよ。妻子が路頭に迷うんだ」

刑事連にそう言われて、深沢は、なにも言えなくなった。

以上は、全くの余談で、その深沢七郎が、その後、埼玉で百姓をしていたころ、若い大学卒の文学青年が、よく弟子入り志望で訪《たず》ねてきた。「先生の小説に感動しました。先生こそは世界に誇る……」「なに?おれの小説を読んで感動した? そんならあんたは、人間のクズだ。世の中の役に立たん人間だよ」そう言って彼は、みんな追い返した。深沢は、「小説は、その作者の排泄物《うんこ》だ」という説を最後まで曲《ま》げなかった。
ところが、その彼に、最後まで、息を引きとるまで付き人《びと》をつとめた二人の青年がいた。ヤギとヒグマという仇名《あだな》で呼ばれていたが、この二人だけは、深沢七郎の採用試験に合格したのである。

一人は、深沢に「楢山節考」の単行本を渡されて「読んでみろ」と言われた。二ページほど読んだところで、あくびをして眠りはじめたので合格となった。もう一人は、本を渡された時、題名を「タルヤマセツコウ」と読んだ。直ちに合格となった。これは、ウソのような、ほんとの話である。リトマス試験紙というものは、面白いものである。

文学青年とか文学少女という言葉は、決してほめ言葉には使われなくて、どこか、からかい気分があるのは、面白い現象である。

サスペンスドラマ「臓器移植」

臓器移植についての論議は、いまだにあとを絶たない。この件に関しての講演や会合も行なわれ、著書なども、かくれたベストセラーになっている。

ここで今さら、この問題に取り組んで、二番煎じのそしりを受けるのも愚かなようだが、実は、論議し尽《つ》くされているようで、一般の人たち、つまり我々《われわれ》庶民は、ほとんど真相を聞かされていないのである。

真相を知らないのは庶民だけではなかった。臓器移植法という悪法を成立させた国会議員の連中もまた真相を全く知らなかった。知っていれば、この悪法は成立しなかったはずである。

いま、全く知らなかった、と記したが、これは言い過ぎ、恐らく知っていた議員も、何人かいたであろう。だが、越後屋のワルを承知で小判に目がくらんだか、それとも医療世界の伏魔殿《ふくまでん》に足をふみ入れたが最後、政治生命を絶たれるという恐怖感におののいたのかもしれない。

たしかに医療界は伏魔殿である。自己防衛のため、強固な、鉄壁の共同戦線をはりめぐらせている。医療とは、実に三十兆円の市場なのである。これを明け渡す術《テ》はない。彼らは必死である。

西洋医学が行き詰まり、近代医学が、とって代ろうとしていることを、医学界のトップクラスは熟知している。彼らは、自分の病気は近代医学で治《なお》し、一般の患者には適用しない。適用しはじめたら最後、医師・薬剤師も製薬会社も痛烈な打撃を受け、底知れない奈落へ落ちて行く。

例えば、二百万円かかる治療費が十万円で済み、一ヶ月の入院生活が一週間で充分となれば、病院も製薬会社も、音をたてて瓦解《がかい》するであろう。この牙城《がじょう》は、なんとしても守りぬかねばならないのである。

泥中の蓮

さて、臓器移植問題について、これを大まかに二つに分けてみたい。一つは、脳死が人の死かどうか、ということ。もう一つは、臓器移植が果たして最高最善の療法なのかどうかということである。

後者については医学界のことで、素人が口出しすべきではないが、専門医の話や著書などによると「移植でしか助からない、と言うのは言葉のマジックである」とか「移植以外の治療法を模索《もさく》するのが医学の本道で、すでに可能な段階にまで進められている」という温厚な反論から「あれは合法殺人である」「完全犯罪だ」などと断言している医師もいる。

どの世界にも、反権力や、やっかみ屋、目だちたがり屋がいるもので、彼らは、自分が無能力なのを棚に上げて、つっぱるのが常《つね》だが、この臓器移植についての反論を唱える医師たちの理屈には説得力があって、素人《しろうと》にも首肯《しゅこう》できるものが多い。医学界から見れば、彼ら医師は、獅子身中の虫であろうが、我々庶民から見れば、実に泥中の蓮《はす》である。

さて前者の、脳死が人の死であるかどうか、という問題であるが、脳死とは脳の死であって人の死ではない。脳死イコール人死なら、共通項を消去すれば、脳イコール人となり、無ノウな人間は、非人間であるという、まずいシャレで言いたくなる。

日本語になかった

もともと、脳死という言葉は、日本語になかった。医学用語は分からないが、脳不全、心不全というような表現であったかもしれない。

脳死が日本語として認められていなかった、……これは、にわかには信じ難いと言うなら、国語辞典を調べてみるとよい。小辞典に載っているわけはないが、平成になって広辞苑第四版以降になると出ている。これはまた、面白いので、少し長いが、そっくり原文のまま転載してみる。

脳死——脳幹を含めた脳全体のすべての機能が非可逆的に停止した状態。臓器移植などの医療技術の進歩に伴って問題とされるに至ったが、脳死を確実に診断する方法と基準および脳死を即個体の死と見なし得るか否かについて、日本ではなお種々の意見があり一致していない。

さすがに名大辞典。簡明直截、非の打ちどころのない名文である。

非可逆とは、逆もどりし得ないということであるが、実際に非可逆停止、と医師によって断定された脳が逆もどりした例は、外国にはいくらでもある。日本にないはずはない。

要するにここで言いたいのは、脳死という語が、日本語として市民権を得たのは、つい先ほどのことであり、それも、死を論じたのではなく、医師の臓器移植のために造られた新流行語に過ぎないということである。「はじめに臓器移植ありき」という言葉は、もう言い古されているが、その真の意味、その矛盾、その恐怖、非倫理性、非人道性、その餓鬼地獄道的フレーズの真意を、われわれ一般庶民も知らなくてはならないのである。

死と宗教とは無関係

人間の生死の判定が、国会議員の多数決で決まったということは、非難するというより滑稽で、イソップ物語か、ガリバー旅行記、でなければドンキホーテでも出てきそうな話である。だが、これは一大事とばかり、哲学者、思想家、宗教家が調子づいてはいけない。「死のテーマ」こそ、我々の領域だ、みたいなことを言ってしゃしゃり出てくるのは困る。ふだん、なにも宗教活動らしいことはやっていないのに、尊厳だの愛だのと、もっともらしいことを言い出すのだ。彼ら思想家宗教家に期待してはいけないし、彼らには、なんの力もない。それが証拠に国会の決議を阻止できなかったではないか。

もちろん当時、反対運動をおこした識者も、多数いたかもしれない。だが、これをバックアップする勢力が、あまりに頼りなさすぎた。というより不勉強であった、認識不足であった。しまった、と頭をかかえた時は、後の祭りであった。

だが、いつの時代でも、スタイルは変わっても、これが現実の世の中というもので、あのソクラテスでさえ、市民の告発により殺されたのであり、キリストも信者の裏切りで命を絶った。彼らを刑死させたのは専制の君主ではなかった。

さて、ここでこの小論の真の命題へ入る前に念を押しておきたいことがある。それは、一般の人が、死と宗教とは、密接な関係があると誤解していることである。

実は、死の定義という問題になると、宗教は全く関係がないし、死の定義づけに宗教人は、かかわってはならない、というより参画《さんかく》資格がないのである。屁《へ》理屈、でなければ逆説的か、という向きもあろうから、一つ二つ例を挙げてみる。

ホテルの一室で、ミイラになっても、まだ生きていると信じているのも宗教だし、輸血療法を拒否して死んでいくのも宗教である。あんなに栄養豊富な豚肉を食ってはいけない宗教もあるし、ポアなどと言って平然としている宗教もある。つまり宗教は、死を共通定義し得ないところに存在するのである。どの宗教にも通ずる普遍妥当な死の概念というものは存在しないから厄介だし面白いのである。

イエス・キリストも、死後復活して、その後、また正式に死んだという話を、ヤソ信者から聞いたことがない。

霊場めぐりの巡礼が、同行二人という文句を使っているが、二人のうちの一人は空海であろう。彼らは死人と一緒に寺めぐりしているとは思っていないし、空海の幽霊と同行しているとも思っていないはずである。

バラ色の肌

さて、臓器移植が、すでに後の祭りであっても、祭りをしないよりマシかもしれないし、

ことによると提灯《ちょうちん》の数が増えて意外に明るくなるかもしれないと考えて、それぞれの専門分野の方でなくても納得してもらえるような問題提起を、いくつか心がけてみたい。
さて、はじめに、脳死を人の死と認めている人、つまり臓器移植も止《や》むを得まいと考えている人に、次のことを問《と》うてみたい。
「あなたは、医師団が脳死と断定した状態の人を、その目で見たことがありますか。先《ま》ず見たことはないでしょう。見れば仰天します。そして見るときは、それが自分の子供か親兄弟だと思って見て下さい。まわり中、機器だらけとは言え、心臓は動いています。体温もあります。ほんとに眠っているようです。移植医療はバラ色、だなんてとんでもない。脳死状態の人こそ、まだバラ色の肌をしています」
さて、第二の問題として、人が死んだら、医師の発行した診断書の死亡日時から、二十四時間たたないと、埋葬も火葬も絶対に出来ない。これはもう、法律というより常識として定着している。心臓停止で、瞳孔も開き、医師も近親者も通夜の客（他人）も、すべて死を確認したとしても、二十四時間たたないと、どうにもならないのである。

臓器移植は、二十四時間どころか、数時間が勝負である。この矛盾を、どう説明したらよいのか。

もっと恐《こわ》い話を、つけ加えておこう。臓器移植のとき、脳死つまり医師の言う死んだ人間に、臓器を取り出す直前、かならず麻酔薬を注射するのである。なぜ死人に麻酔をかけるのか。彼ら医師は、マニュアルに、その理由を用意しているが、そんな理屈が通るわけはない。

ドナーカードを嗤《わら》え

たとえば、ある地方に、二十四時間たって、火葬される直前、麻酔薬を注入する慣習があったとする。「なぜ、そんな無意味なことをするのか」と聞いたら、近親者が「これから焼かれて、さぞ熱いだろうと思うと、あまりにかわいそうで……」と涙ながらに答えたとする。これこそが人間的である。これこそが文化である。移植医師は、火葬直前の麻酔を荒唐無稽《こうとうむけい》と笑うだろう。だが、ドナーに注射するのと、どっちが荒唐無稽であろう。

そして第三に、もしドナーカード（臓器摘出ＯＫ）を持っている人がいたら、そしてその人が、それを誇らしげに、善意のシンボルカードみたいに思っていたなら、その愚かさと無分別さを嗤《わら》い、カードの破棄を警告してあげねばならない。しかも、五十歳すぎの人がカードを持っていたら、それが、いかに哀れな、みすぼらしいことか、本人に、それがわかっていないだけに残酷である。そのドナーが死んでも移植医師の食指は動かない。

臓器摘出には定年がある。熟年の臓器など見向きもされないし、若くても長い病床生活をしていた人、持病のある人など、相手にされないのである。

さて、ここまで書いても、善意のドナーカードを持ちたいと言うなら「あなたは摘出定年前だからドナーもいいでしょう。でも時期があります。この時期だけは守って下さい」とだけ言っておこう。その時期とは、医業にたずさわる人が率先して全員ドナーになる時である。つまり医師・看護婦の資格をとっても、ドナーカードを持たなければ就業できないという、法律でなくてもよいから慣例が定着してからドナーになっても決して遅くはないのである。どっこい、彼ら彼女らは、決してドナーなどにはならない。

臓器移植医師が欲しいのは、そばにいるピチピチした看護婦のものであろう。

看護婦を殺して、お手のものの死亡診断書を発行し、臓器移植をして天下に名声を博する。「看護婦殺人事件」……劣等感を持っていた医師が、優良医師を追い越そうとしたのが殺人の動機であった、などというストーリーは推理小説作家にまかせておけばよいが、そんなフィクションでなく、現実の話を次に紹介しておこう。

スピード制限の緩和

某先進国で、新鮮な臓器需要に応じきれず、ハイウェイの制限速度を緩和しようという話がささやかれている。なんのことか？と思われる人もあろうかと、蛇足を承知で説明すると、たとえば時速百五十キロまでOKとした制限を二百キロまで可、としたとする。若者の交通事故死は激増するであろう、という話である。臓器移植と制限緩和を結びつける発想は、地獄の使者ではあっても、その明晰な頭脳に感嘆するほかはない。

さらに某発展途上国、これは複数国であるが、高値の臓器売買が堂々と行なわれている。犯罪組織とつながっているのは当然で、麻薬と全く同じケースである。麻薬ならまだしも、臓器が商品扱いされて、業者に莫大な利益をあげさせているのだ。

国費とは何か

最後にもう一つ。理屈ぬきの話をつけ加えておこう。すでに何回か行なわれて、そのニュースは日本全土を走りぬけた臓器移植事件だが、あの数千万円かかったという費用は、一体どこから出て、どう使われたか。小学生程度の計算で、航空機、ハイヤーなどの交通費を一千万円。医療機器・薬品類などの使用を一千万円とする。残りの膨大な金は誰の手に入るのか。

ドナーには一円も払われていない。もちろんレシピエントは医療費を払わなくてもよいらしいが、ボロもうけは、担当医師団だけなのか、政治屋もからむのか。今後も、このやり方で、すべて費用は国費なのか。先ずムリであろう。なかには「国費なら患者も助かる。自己負担なら大変だ」などと単純に納得する人が意外に多い。だが、国費とは何ぞや、医療保険費とは何ぞや、と考えてみたことがあるのだろうか。国費は、地から湧《わ》き出るのではない。その、あなたの財布から出ていることを忘れてはならない。

ひとつの結論

以上のレポートは、ある冊子に依頼されて草したもので、筆者自身が、臓器移植に反対のあまり絶叫したわけではない。節操のない話だが、ものを書く人間の中のはしくれともなると、こういうこともある。賛成論を依頼されれば書くかもしれない。

さて、あらためて、臓器移植に賛成か反対かと問われると、これはもう、反対である。

右の小論にもある通り、医師・看護婦が、ドナーカードを持つことを義務づけられてからでも遅くはないし、死後二十四時間たたないと死体処理が出来ないという法律との矛盾が、法曹には素人の人間に、わかりにくいのだ。

ただ、右の小論を書いている途中で、死と宗教とは全く関係がないということを、おろかにも気がついた。

日本には葬式仏教という言葉があるし、仏教だけでなく、ほかの、ほとんどの宗教は、死の悩みを解決するのが、最大の命題である。だから、早《はや》とちりの宗教関係者が、脳死問題を採《と》りあげて論陣をはっていた。肉体的な死というものは科学の領域で、そこへ精神的な死を問題とする宗教が踏《ふ》みこんでも無意味だ、ということに彼らは気がつかなかった。科学と宗教は合一し、不可分のものだ、という説は妥当《だとう》だが、ここで、それを持ち出すのは見当違いで、混乱をまねくだけである。

キリストも復活し、釈迦も無始無終を説いている。宗教的には、死んでなんかいない。そもそも、未来仏などと称して、地球上の人類も生物も完全に滅亡してから登場する仏《ほとけ》さえあるのだ。この仏は一体、誰を救う気なのであろう。

献体とは何か

さて、本論へはいって、臓器移植が、医学のためとするならば、同じ医学向上のためと称して「献体」という制度がある。「本人の意志により、その遺体を研究用に無償で提供すること」つまり献体は、医学向上発展のためであるとするなら、医師・看護婦は、ドナーカードと同じく率先して「献体」すべきである。だがその連中は献体などしない。何故に、もっとも関係があり関心がよせられるべき彼らは「献体」をしないか。答えは簡単で、彼らは献体が、どんなことか、事実を知っているからである。

献体された遺体は、医大や医学研究機関に配給されるが、その規模や力量、評価の差によって配給数が違ってくる。ま、これは当然のことで、学校によっては、医学生が卒業までに、一遺体に対面するのがやっと、という場合もあるという。

若い男子医学生群のところへ、女性の遺体が提供されることがある。その医学生の一人が「あれは、まさしく凌辱で輪姦だよ。ま、若いから、しようがないよね」と、苦笑しながら、しぐさを具体的に説明していた。

遺体は、頭のてっぺんから足の爪先《つまさき》まで研究対象になるから、簡単には終らない。研究途中の遺体は、フォルマリン池へ、ドボンと投げこまれるという。これは、昭和三十年代ごろの話で、今では池へほうりこむなどという稚拙な保管はしていないであろうが、いずれにせよ献体者は、何をされようと覚悟の上であろうし、骨の髄《ずい》まで切り刻まれることなど承知はしているのであろうが、この状況を、ビデオで見せられてから献体する人がいるであろうか。遺族がいる場合、自分の肉親が、自分の娘が、あんな目《め》に遭《あ》うことを、容認できるであろうか。医学関係者が献体しないのは当然である。

ただ、医者というものは、死体が完全に物体であることを認識する訓練をしないと出来ない職業であるから、人間の死体を、いじくりまわす時、蛙の皮をむくのと同じ感覚でなければならない。

松本清張の小説で、最後のほうに、他殺体を解剖する場面が出てくる。死体の臓物《ぞうもつ》が、下へ置いたバケツの中へ、ずるずる、どたどたッと落ちる描写である。残虐な事件に慣《な》れっこのベテラン刑事が、グエッと吐《は》きそうになっているところへ、解剖医が平然と煙草《たばこ》をくゆらせながらやってくる情景が、見事に描《えが》かれている。もちろん、両者は、職性の違いであって、人間性の問題ではない。

身体の内部など、外から手にとるようにわかるほど、今の医療機器は発達しているから、献体が、それほど医学の向上に役立つとも思えない。ターヘルアナトミアの玄白や良沢の時代だったら、話がわかるというものだ。内臓が、すべて取り外《はず》し出来るようになっている等身大の人体模型があるが、もちろん、あれが生《ナマ》であれば現実感があって、模型よりはマシであろう。

サスペンスドラマのはじまり

献体と、臓器移植のドナーになることとは、全く別問題であることくらい、素人でもわかるが、話をもとへ戻して、今ここで臓器移植に反対するのは、誰もがあまり考えつかないような理由からである。

ものすごい才女がいた。某大学の哲学を専攻して、大学院まで卒業した女性である。その女性の、哲学を学ぶ決意をした動機が面白い。毎月、生理が同じ周期で、ピタッと一日も狂わずに来ることに驚異を感じたからだという。そんな、女でなければわからない動機があるのか、その女性が特異なのかは、わからない。

そしてこの女性は、一般の、全く平均的女性の一人として結婚し、子供を生み、子育ても立派に終った。子供は、すべて一流大学を卒《お》えている。

ところが、その女性、夫婦仲は悪いほうではないが、配偶者の母親、つまりお姑《しゅうとめ》さんと、まことに折り合いが悪い。同居している訳ではないのに仲が悪いのだから、同居だったら、すさまじいことになるかもしれない。こういう問題は、どっちにも言い分《ぶん》があるものだが、両者の言い分を、ここへ書く必要はない。

あるとき、と言っても、臓器移植が問題になる、はるか以前のことだが、その才女が、アイバンクに登録したいと言い出した。角膜移植の重要性とか、その結果の感激物語などを、どこかで見たか読んだかしたらしい。自分が死んでから、自分の眼が他人の眼を治《なお》し、その人間に、すばらしい視覚、世界を展開させるとなれば、その意義は、計《はか》りしれないと思ったのである。

ところが、例の姑《しゅうとめ》も目が悪くて、最近、ショボショボしている。

「あなたの角膜移植の意志は良《よ》い。でも、人間は老少不定《ふじょう》で、お姑《かあ》さんのほうが、あなたより後で死ぬかもしれない。となると、あなたの眼は、お姑さんの眼の治療に使用される可能性が一番高いのだ」

「ああイヤ！　そんなの死んでもイヤッ」

と、その才女は叫《さけ》んだ。死んでもイヤという形容が面白い。だが、イヤッと言ったから、この女性は、人間としては立派である。「それもまた運命で、仕方がないわ」などと、さとりすましたようなことを思っていたら、こんな人間は救いようがない。

犯人の登場

たとえば「銀行強盗」……首尾よく大金をつかんで、事件は迷宮入りになったとする。そのとき、犯人に殺された銀行員がいた。その遺児《わすれがたみ》が、やがて成長してドナーカードを持った。人生とは皮肉なもので、その青年が交通事故に遭《あ》って脳死状態になった。その臓器が、臓器待ちのある患者に、航空機からパトカーまで総動員され、周囲の関係者の必死の努力によって、ある男の命《いのち》を救った。ところが、その、ある男こそ、かつての銀行強盗であった。つまり、銀行員の遺児は、にっくき親の仇《かたき》の命を救ったのである。作りごとだと思うかもしれない。だが、親の敵《かたき》でなくとも、自分では絶対に救いたくない立場の人間に、生命を与えるかもしれない。臓器提供者は、自分の身体の一部が誰に行くのか選べないのである。「眼がお姑《かあ》さんに行くなら、死んでもイヤッ」ということにならない、という保証はない。

右の、銀行強盗臓器提供事件のようなストーリーは、サスペンスドラマなどには頻繁に登場する。欧米文学にも、原典のように存在しているし、「雪乃丞変化」のように、日本の時代劇にもよく出てくる筋書きである。これらは、ドラマであるから、勧善懲悪か、ハッピーエンドに仕組まれている。

だが「事実は小説よりも奇なり」という陳腐な文句は、実は名言である。松本清張の言葉を借りてみよう。

日常の平凡な生活には、小説以上の恐怖がある。（清張『現代の犯罪』）偶然の物語は陳腐だが、「陳腐」が日常性から発している以上、現実にその例が多い。(清張『指』)

もし今、清張が生きていれば、臓器提供者と被提供者の関係を「砂の器」のような大長篇にしたてあげてくれたかもしれない。

同じく清張は、推理小説と、ふつうの小説の違いを述べて「ふつうの小説は、あとの解決がなくても、フンワカしていても、読者の想像にまかせて一向に構わないが、推理小説は完成された作品でなければならない。つまり、オワリが未解決であってはならない」としている。

つまり先述の臓器提供事件の場合、銀行強盗が、そのまま堂々と第二の人生を闊歩《かっぽ》したり、提供者《ドナー》の親族が、この事実を知らないままでは、推理小説にはならない、ということである。

たとえば、今回の移植の、最初から最後まで、全般にわたって指示統率するスタッフの中の一青年が、ふと犯人の顔に記憶があって、必死に思い出そうとする。一方、提供者《ドナー》には一人の妹がいて、ある別の疑念をはらすため、兄の臓器の行方《ゆくえ》を追っているうちに、この青年と妹が出会う……、てなストーリーも考えられるが、天才清張なら、どんな解決にもって行くか、これこそが永久に見はてぬ夢であろう。

生体移植とか言う、肉身へ提供される場合などは、両者納得の上なら大賛成で、これは全く別の話。

だが先般、ドナーの臓器が、身内《みうち》のものへ提供された手術があった。そうしたら、また例の如く市民団体のおばさん達が抗議運動を起こした。「不公平です。順番があるはずです！」

自分の肉親へ臓器が提供されて、なにが不公平なものか。最も意義のある方法だ。全く顔も知らない、ことによると仇敵かもしれない人間に提供されたほうがいいのか。

ただ、日本には「知らぬが仏」という名諺がある。ある新聞のコラムに、次のような記事が載《の》った。

……手術後に、臓器提供者（ドナー）の奥さんが、こう言われそうだ。

「主人の体の一部が、どこかで生き続けているのは、自分にとって、大きな支えです」

最愛のご主人にも先立たれ、悲しみの底に沈んでもなお、無に帰した訳ではない。病に苦しむ人を助け、形を変えて生きているという一点の光明。（以下略）

この奥さんの夢をこわしてはいけないが、提供相手が、ご主人の昔の彼女だったりして、遺品を調べているうちに、彼女の最近の体調を知らせる手紙が出てきて……などという筋書《すじが》きを考えたくなる。

臓器移植法には、お互いに相手を秘匿しなければならないという、きつい掟《おきて》があるのかもしれないが、そうするとこの法は、ただ医師の実験のためのものだ、ということになってしまう。

今、もし、スターリンやヒットラーが生きていて、臓器提供を待っていたら、あなたは、自分の臓器を提供するだろうか。どっちも、何百万人の人間を、戦争でなくて、殺戮《さつりく》した張本人なのだ。

何回か清張を引用したついでに、彼の「黒い手帖」の一部を引用すると、

東京の中野のアパートで女給が殺された。酔っぱらった某社の記者が、その晩、女給の部屋へ行き、女の布団へもぐりこんで寝てしまい、あくる朝、気がついてみると、隣りの女は、二、三日前に殺された死体であった……これは実際の事件。でも、もし（清張が）小説に書けば「そんなバカなことがあるか」と、やっつけられることでしょう。

しかし、まさに「事実は小説よりも奇なり」というわけであります。

青年の臓器が、憎い親の仇《かたき》の命を救った話を「そんなバカな……」などと、誰が言えようか。

スカンク鳥を絶滅せよ

村人たちの祝杯

スカンク鳥という渡り鳥が、また村の裏山に、群れをなしてやってきた。ギャア〱と鳴き声がうるさい。どうもシベリアあたりから、やってくるという話だが、生態が、いま一つはっきりしない。村では困っていた。どうも、この鳥が、果樹の蕾《つぼみ》を食い荒らすらしい。村では、農協が中心となって、この渡り鳥の追放を考えた。日が暮れてから火を燃《も》やし、禁止されているカスミ網《あみ》を、こっそり納屋《なや》から持ち出して張《は》った。大量に生け捕《ど》りにし、大きな穴を掘って埋めた。

残酷なことをする。動物愛護の精神に悖《もと》る。と、新住宅の非農家の連中が騒ぎたてた。呼《こ》応《おう》するように他町村の、眼鏡をかけ帽子をかぶった市民運動のおばさん達が、わめき始めた。甲子園野球の選手宣誓と同じで、ギャア〱叫ぶだけで意味は通じない。

ところが、ある年、村中《なか》を流れる川の、堤《どて》の桜並木が、なぜか、あまり花を咲かせなかった。スカンク鳥が、果樹でなく、桜の蕾《つぼみ》を、ほとんど食い荒らしたのである。鳥の渡ってくる季節に、そのとき食べごろの蕾《つぼみ》がやられることが、だん〱わかってきた。年によって、花をつける樹木の時期が、前後に一週間くらいズレるのである。桜の花がさびしくて、お花見も出来なくなったら、またオバヤンたちが文句を言いはじめた。この連中は、目先《めさき》の、自分のことしか考えない人種である。

スカンク鳥は、尾が長くて、見てくれはそんなに悪くないし、毎年、この村に渡ってくるようにして、マスコミにも採《と》り上げられれば、村おこしの材料になるかもしれない。と、村の連中は、はじめはそう考えていたが、功罪を検討した結果、村にとっては明らかに害鳥である、という結論に達した。桜が咲かなくても、どうってことはないが、果樹がやられては、農家は死活問題である。

スカンク鳥というのは、もちろん学名ではない。カスミ網で大量に捕獲した時、ヤキトリにでも出来たらと考えたが、鳥が、網《あみ》にかかってバタバタする時に出す悪臭と言ったら、たとえようがない。鳥が、せつない時に出す糞の臭《にお》いらしく、村人たちは「セツナグソ」をたれるらしいと推論した。それから、誰言うとなく、スカンク鳥と命名されてしまったのである。

この悪臭、その晩、男が帰宅した時、野良着《のらぎ》にしみついた臭《にお》いを、女房子供がイヤがって、家の中へいれてくれない。洗濯しても臭いが抜《ぬ》けないので、そのときの衣服は、全部燃やしてしまったという。

村人たちの、いくつかの撃退《げきたい》作戦が功《こう》を奏《そう》して、数年の後、スカンク鳥は、その村には来なくなった。厄病神を追い払うことが出来て、村人たちは祝杯をあげた。

「自然を愛する」というウソ

渡り鳥には、夏鳥、冬鳥、旅鳥の三種類がある。白鳥やカモは冬鳥だと言う。スカンク鳥は旅鳥であろうか。各地の鳥の便りは、明るいものが多い。北海道の丹頂鶴から鹿児島の鍋鶴の話まで、季節の話題になる。

鶴の、空を飛ぶ姿を見たい一心で、餌づけに成功した人の話が、ニュースになった。

「自然を愛することの大切さが、子供たちに、わかってもらえれば幸いです」と、その男は言った。

新潟の瓢湖の白鳥も、地域の人たちの懸命の努力で、観光名所となり、町おこしの原動力となった。

佐渡のトキは、日中共同かなにか知らぬが、絶滅寸前の鳥を、なんとか救出しようという努力が実《みの》りつつある。

こういう時に、必ず「自然を愛することの大切さ」とか「人も他の生物も共存する緑の地球」とかいう、気持ちの悪い言葉が、出てくる。

ウソを言ってはいけない。鶴も白鳥もトキも、なぜ人間が、涙ぐましいほどの努力をするのか。

それは、見た目がキレイだからである。人間が見て美しいからである。ただ、それだけのことである。

カラスやスズメが絶滅寸前になった時、一部の生物学者は真剣に救出を考えるかもしれないが、一般の人は、あんなにヒステリックな関心をよせるであろうか。

えらそうなことを言ってはいけない。鶴や白鳥は餌づけをしても、スカンク鳥は追い払うではないか。焼き殺すではないか。臭《くさ》いからである。不潔だからである。人間に害をなすからである。

絶滅の危機に瀕《ひん》している生きもの、とよく言われるが、危機、と言うからには絶滅しないほうがいい生きものであろう。のみやダニや蚊やハエなどは、どうなのか。

一応、人間を除いて、この世にいないほうがいい生き物など、いっぱいある。しかも、それは人によって、それぞれ違う。蛇を嫌《きら》いな人は、話をしただけ、写真を見ただけで顔面蒼白になる。蛙を嫌いな人も多いし、意外に多いのは、蝶を嫌いな人。イモムシの一種で、黒地に、あんな不愉快な模様の生きものが、何故この世に存在するのか、実に不思議である。ナメクジがノドに効《き》くからと、そのまま手づかみで呑む人がいるだろうか。

蛇だの蝶やイモムシだのは、好き嫌いがあるから嫌いな人は我慢して、逃げまわればよい。「虫めずる姫君」の話が日本の古典に出てくるくらいだから、好き嫌いは仕方がない。

微生物つまり細菌も生き物だが、人の役に立つものもあるし絶滅に追いこまれるものもある。げにも恐ろしい地方病は、日本住血吸虫が宮入貝に住みつくことがわかって、この貝の絶滅をはかった。つまり生物の中には、絶滅の危機を回避して生存をはかるものと、完全に絶滅宣言をして、科学の勝利を謳《うた》うものとがある。

生物共存については、その方面の代表者ニーチェとか別派のスペンサーなどというえらい人がいるが、そんなむずかしい話をしているのではない。

サンゴの場合

沖縄で、海を埋め立てて空港を作る話があった。また、例の連中が反対運動をおこした。珊瑚《さんご》がダメになる。自然の形態をこわす。とんでもない話だという。

だが、もしあの珊瑚《サンゴ》がヘドロみたいな色の、むくつけき生物で、オドロオドロしい、マガマガしいカッコウをしている生物だったら、どうするか。自然の形態をこわす、と言い張《は》るだろうか。

サンゴが大事にされるのは、人間が見て、キレイだからである。竜宮城までも連想させるからである。「金銀珊瑚綾錦《きんぎんさんごあやにしき》」という言葉がある。つまり、鳥で言えば、鶴や白鳥は大事にされるが、鴉《からす》やスカンク鳥は追放されるのである。

ほたる

蛍《ほたる》が珍重される。養殖までして増やしている。メダカや蛍が少なくなったのは、もちろん環境悪化の故《せい》で、この改善の必要性は、誰しも異議なく認めるであろう。だが、あのホタルは、人間のために、夏の夜空をロマンチックに演出するために光っているのではない。もしホタルが光らなかったら、ただの臭《くさ》い汚《きた》ない虫だ。手で握ってみれば判る。もし研究の結果、あの日本住血吸虫の正体《しょうたい》が蛍《ほたる》だったら、人間はどうするであろう。あの青白い光は、冥土《めいど》への道しるべ。蛍は、三途《さんず》の川の水を求めて光る虫だなどと、徹底駆除《くじょ》するであろう。

ゴキブリコンクール

ゴキブリが、金ピカに、キラ〳〵光り輝いて、台所の隅《すみ》を行列して歩く虫で、鼠《ねずみ》が、その金ピカ虫に恐れをなして、台所に近《ちか》よらないとしたら、主婦連中は、ゴキブリを餌づけするであろう。子供も、カブト虫のように飼《か》って、金ピカの、色の輝きを自慢し合い、コンクールが開かれるかもしれない。

動物愛護人

当然のことで記《しる》すも愚《おろ》かなことだが、害鳥も害虫も、そして雑草も、すべて人間を中心に、人間が勝手に決めたものである。その当然のことを、何故すなおに理解しようとしないのだろう。

動物愛護運動をやった連中が「みなさん、ご苦労さまでした」と、すきやきかビフテキを食べて慰労会をやっている。愛鳥週間《バードウィーク》の終りに、ヤキトリで一杯飲んで、労をねぎらっている。

どっちもバカみたいに見えるが、ちっとも不思議ではない。慰労会の夜だけ精進料理を食べても意味はない。

鳥籠《かご》の中で鳥を飼うのが愛鳥であるはずはないし、犬猫その他の動物をペットにしているのが動物愛護ではない。鳥や動物にとって、迷惑至極《しごく》の場合もある。籠の鳥など、遠くへ飛べないように羽を切っておくのもある。

食べるならよいと言う

外国には、鯨やイルカを捕獲すると、火がついたように抗議する団体がある。

「あなた達は、ふだん、牛や豚を殺して食べている。聖なるクリスマスには、七面鳥も殺している。なにが動物愛護だ」などと言うと、

「あれは、はじめから食べるつもりで飼育しているからよいのだ」と、意味不明な言いわけをする。どんな言いわけ、どんなキレイごとを言おうと、次の原則を認めない訳《わけ》にはいかない。――人間は、他の生命体、つまり動物植物を、ほしいがままに、むさぼり続けて生きて

いるし、生きてきた。万物の生命尊重と生存権などと言いだすと、世の中のことが矛盾だらけになって、説明がつかなくなるのだ――

牛豚馬肉の屠殺場の光景など、すごいものだし、魚だって漁船の甲板上を跳《は》ねまわったり、蛸《たこ》が総身をくねらせているのを、人間は、平気で食べる。生き造りなどと言って、肉がピクく していているのを売りものにしたり、白魚《しらうお》の踊り食いというのもある。柳川鍋など、どじょうを五右エ門にして食べている。

狂牛病とか豚コレラなど流行すれば、牛や豚を何百万頭、まとめて殺戮《さつりく》する。あれを見て、動物愛護の連中は、どんな感想をもらすか、聞いてみたいものである。

心やさしい人

動物愛護の気持ちのある人は、心やさしい人だ、などとはマッカなウソ。殺人鬼がペットを飼っていたり、凶悪犯人が、オウムやカナリヤを飼ったりしている。犯人からの電話のバックに、九官鳥の鳴き声がはいっていて、それから足がついた話もある。

花を愛する人は、心やさしい人だ、などとトンデモない話。花を好きな意地悪ババアの話など、山ほどある。

悪人がいなくなる

自然を愛する人に悪人はいない。スポーツを愛する人に悪人はいない。音楽を愛する人に悪人はいない。子供を好きな人に悪人はいない。などと、それぞれの分野で、てんでに悪人はいない、と主張している。それなら世の中に悪人は誰もいなくなる理屈だ。某県で起きた児童誘拐殺人犯人は、子煩悩《ぼんのう》で有名だった。山を愛する人に悪人はいない、というのもあるが、清張の名作「遭難」を出すまでもなく、登山家の犯罪をあつかった小説は、意外に多い。

推理小説を愛読する人に悪人はいない。というのもある。その理由は、人は誰でも、人を殺したくなるような残忍な気持ちを持っている。代りに小説の中で犯罪が行われるので、鬱積した気持ちが中和されるからだと言う。しかし、サスペンスドラマからヒントを得ての犯罪というのもあるから、これもアテにならない。

養殖のサカナならよい

金子みすゞという、明治三十六年生まれの童謡詩人がいた。西条八十にも認められたが、若くして亡《な》くなった。今でも彼女のファンは多い。漁師が、いわしの大漁だと喜んでいるけど、海の中では、何万のいわしのとむらいをしているだろう、というような、やさしい詩だ。その一節を挙げてみる。

「お魚」　　金子みすゞ（山口県）

海の魚はかわいそう。
お米は人につくられる、
牛は牧場で飼われてる、
鯉もお池で麩《ふ》を貰う。
けれども海のお魚は
なんにも世話にならないし

いたずら一つしないのに
こうして私にたべられる。
ほんとに魚はかわいそう。

童謡として、いい作品に決まっている。それを承知で理屈をコネルと、先述の外人の「飼っている牛豚七面鳥は食べてもいい」と同じになる。米も牛も鯉も、人間が世話をしているが、海の魚は違う、と、みすゞは言う。だったら養殖のハマチやウナギは、食べられて当り前ということになる。もちろん、みすゞの時代は、魚の養殖なんて、なかったのだ。もっと理屈をコネルと、結局は食べるのだから、「かわいそう」だなんて気に病《や》みながら食べるのは、健康に悪いのである。パク〱遠慮なく食べるに限る。

肉でも野菜でも、生き物を食べるのだから、それに感謝して食べなければいけない、とい

うのもおかしい話だ。食べものとして人の口にはいるまでに、どれだけの人間が、どれだけの時間や能力体力を使っているか、その経済的仕組みなどを考えると「お魚さんがかわいそう」は、ただのセンチメンタリズムになってしまう。

盆栽風蘭針供養

ボンサイは、ジュウドウと同じくらいに、外国にそのまま通ずる日本語である。まさしく芸術であろう。だが、盆栽を手がけたり趣味にしている人が、自然を愛しているわけではない。鋏《はさみ》や紐《ひも》、針金などの攻め道具を使って、木が挫《くじ》ける寸前まで痛めつける。たゆまぬ努力と歳月をかけなければ逸品は出来ない。支那の纏足《てんそく》と同じだ、などと言う人もいる。

盆栽とは別格の「風蘭《ふうらん》」という、夏、白花を開き芳香があり、古くから観賞用とされている植物がある。日本でも王侯貴族クラスが趣味としていた。富貴蘭とも書くが、手のひらに乗る小さな鉢が百万円単位から一千万円まである。この趣味人口は、スポーツに蹴鞠《けまり》をやる人口と同じくらいしかない、庶民には夢物語の鉢植えであったが、最近はマニアが増えてきたという。

盆栽も風蘭も、日本文化として誇れるものだが、自然を愛するとか、心やさしいとか、妙なリクツをつけてはいけないものである。そもそも、愛するとか心やさしいという言葉は、演歌流行歌の歌詞にしか使えないものだ。作詞家荒木氏の「四季の歌」は名作だが、何回も詠《よ》んでいると照れくさくなるし、オゾましくなる。愛の説明、愛の安売りをしているからだが、これは演歌の宿命で、文句を言うべきではない。

愛とか心やさしい、というのは、立ち場が変るとなんてイイ加減な言葉だろうと思えてくる。その例を挙げるとキリがないが、一つだけ記してみよう。

針供養という心ヤサシイ行事がある。折れた針に感謝するため、その針を豆腐（や、こんにゃく）に刺《さ》して供養するのである。だが、刺された豆腐のほうこそ、いい面《つら》の皮《かわ》だ。人間は、なんの怨《うら》みがあって、豆腐のこのオレをチクリ〳〵やるのか。オレだって、かなり人間さまの役《やく》に立っているはずだ。心やさしいだって？　冗談じゃねえやい。

（富貴蘭）

針供養お悼《いた》み申す豆腐殿　（十四期俳壇）

健康と幸《しあわ》せ

乙武洋匡氏の「五体不満足」は、恐らく障害者の励みとなり支えとなったことであろう。だが、渡辺淳一氏はエッセイで、もう一つの立場を述べている。

「あれはあれで、とても感動的な話だけど……」と、ある女性が言う。「彼は生まれたときから、常に快《よ》くなる一方でしょう。でも私たちは、常に悪くなる一方なのです」……彼女は、ある難病で、つまり現代医学では絶対に治《なお》らない病気で苦しんでいる。死を待つだけでなく、関節や筋肉が、鞭《むち》で打たれるような痛みにさいなまれている。しかもその苦痛は、他人には決してわかってもらえない。今の乙武氏は、たしかに不便この上もない。だが健康体で痛みもない。だが、彼女の場合、歳月とともに着実に体が動かなくなり、痛みも強まってくるのだと言う。

渡辺氏の、このエッセイから思い出されるのは、あの寺田寅彦の言葉である。「健康な人には病気になる心配があるが、病人には回復するという楽しみがある」……寅彦本人は、ただ対句《ついく》的な面白い表現をしたつもりが、なんと残酷にひびく言葉だろう、ということになる。「回復の楽しみ」などと、さっきの女性の前では、口がさけても言えないはずである。

健康な人には、病気になる心配がある。……と言うのはウソで、そんな心配をしていない状態を健康と言うのである。胃がどこにあるか判《わか》らない人は、胃が正常な証拠だ。健康だという意識すらないときを健康と言う。自分が、どこか怪我《けが》をしたり、病気になったりした時、これが全快すれば、どんなに快適だろうと思う。ところが治《なお》った後、そんなに悩んでいたことさえ全く忘れて、あゝ、今こそ快適だ、などと思ってもみない。つまり、その状態を健康と言う。

「健康」と同じく「幸《しあわ》せ」という言葉も、似たようなところがあって、「言いきかせて実感するもの」だと言う。

バーナードショウに「若い人に、青春の経験はない」という名句がある。過ぎ去ってから、そう言えばあのころが自分の青春時代だったかな、と思うのである。「あゝ、あたしは今が青春時代!」なんてのは、テレビドラマの作りごと。でなければ、そいつがバカである。

植物の優位

生きとし生けるもの、という日本語がある。世に生きているほどの、すべてのもの、あらゆる生物ということだが、古典では、この言葉イコール人間、という意味で使われている。生物も、生《い》き物《もの》と読めば動物のことで、生物《せいぶつ》と言うと植物もはいってくるから日本語は、ややこしい。（生物というと、今は五種類に分けているらしい。）

一般の常識では、優位の順は、先ず人間があって、その下に他の動物があり、そして植物、鑛物、ということになっている。

だが、秘めているエネルギー、つまり活力と言うか、他に及ぼす力を持っているものと言えば、実はこの順位が逆になるという。つまり太古から存在して、自からは動こうともしない岩石や、石ころや湧《わ》き水までも、イオンかなにか知らないが、とてつもないエネルギーを秘めていて、人間も、知らずにそれらの恩恵を受けて生きてきたという。

強力なエネルギーが、ものの形《かたち》や色からも発散するという研究は、かなり以前から行われていて、現在では、その目に見えぬエネルギーを人体に善用して体力の維持増強を図《はか》る方法

が実用化し、しかも近年、長足の進歩を遂《と》げているという。

ここでは、優位の逆転の一つの例として、動物と植物について記してみたい。

京都の、生物学専門の岩田和佳教授は、素人にもわかりやすい、明快な説明をしている。

たとえば、地震・台風などの災害はもとより、冷熱風雪などの厳しい自然環境、あるいは外敵の攻撃を受けた場合、動物は、すぐ逃げてしまう。退避や逃避によって難を避《さ》けている。

たとえば津波が押し寄せれば、高所へ避難するのは当然である。だが、植物つまり樹木など、逃げるわけにはいかない。その場に毅然《きぜん》として、難敵に立ち向かっている。堪《た》えている。それなりの堪えるエネルギーを持ち、生存方法を講じている。口はきかぬが適切な対応をしている。

その場を逃げまわる動物と、堪えるエネルギーを内蔵し、その場で生きぬく植物と、どちらが優位か、どちらが活力源、生命力を有しているか。

この岩田先生の説明を聞くと、なにか素人《しろうと》にも植物の偉大さがわかり、頭の下がる思いがする。新緑のころの大木、たとえば欅《けやき》などの傍《そば》へ行って耳をすませると、ゴーォという神秘的な、さわやかな音が聞こえる。実はこれは、大地から水を吸い上げる音で、大空いっぱいに枝を拡《ひろ》げた木が、芽をふき、新緑から翠緑に、そして深緑にかわるためには、どれほどの水分が吸い上げられるのか。このゴォーッという音を聞いて感動し、人生観というか、ものの見方が変ったという人もいる。

鶴は千年、亀は万年とは、ただの言《い》いぐさで、それが全くのウソであることは誰でも知っている。ところが、五百年、千年以上の樹齢を誇る樹木は珍しくはない。

つまり人間は、えらそうなことを言っているだけで、もの言わぬ植物や鑛物の劣位にあり、それらにかしづいて生命を保《たも》っているのである。自然界から見れば、動物などは、屹立《きつりつ》している植物、泰然としている岩石のまわりを、うごめいて消えて行くだけのものかもしれない。

スカンク鳥なんて渡り鳥はいない。創作鳥である。

火事と喧嘩は江戸の華

寅さんの映画は、なぜ楽しくないのか

「男はつらいよ」という映画は、意外にも外国で受けているそうである。日本を、日本人を知るのにカッコウの題材だという。もともと知日派の外人ならとも角、あれで日本人を知られたら、文化的にも不名誉で、かえって誤解をまねくような気もするが、ここでは、そんな高尚な話をしようとしているのではない。露商の出る日本全国の祭りを紹介した功績は大きい、と、ヘンな評価をしている人もいる。

・〜・〜・〜・

寅さんの映画は、楽しいどころか、むしろ憂鬱だ。と言ったら、たいていは「ひねくれ者」と断定されてしまうだろう。だが、話し合ってみると、この、ひねくれ者のレッテルを貼られる人間が、意外と多いのである。

あの映画は、つまらない、のではなく、面白いけど楽しくないと言う。最後には気が滅入《めい》ると言うのだ。この気持ちは、よくわかる。

あの、寅さんものの映画のほとんどに、対象となるマドンナが登場する。そして最後には、必ず、この美女にフラれる。ふられないまでも決して添いとげないことになっている。もっとも寅さんが、結婚してしまえば、このシリーズはおしまいで、「男は楽しいよ」で、夫婦そろって日本中の祭りへ出張《でば》ってたら、夫婦善哉か野次喜多みたいになってしまう。

寅さんが、マドンナと結ばれない必然的条件と理由が、各説話ごとに必ず提示されている。そもそも寅さんと似たもの夫婦になり得る女は、世の中に、おそらく実在はするであろうが、映画では、およそそぐわない女性がマドンナとして登場するから、ドラマとして成り立つのである。

この映画は、大分類すれば、明らかに喜劇である。悲劇で男女が添いとげられないのは納得できるが、喜劇で破鏡にみちびかれるのは、辛《つら》くて、後味《あとあじ》が悪いものである。いずれは、フラれるであろう寅さんの言動が、フィナーレに近づくと、重苦しく、切《せつ》なく伝わってくる。

そしてしかも、寅さんが、失恋のため、ヨヨと泣きくずれるのがラストシーンなら、それはそれで、まだ救われるが、この人は、フラれた後で、虚心坦懐《たんかい》、行雲流水、明鏡止水。インチキ禅坊主的な言を弄《ろう》して、自分を納得させ、カラリ、サッパリと、失恋の痛みから解放される仕組みになっている。毎回ごとに内容は違うが、寅さん一流の恋愛哲学、人生哲学みたいなものが出てくる。「引かれ者の小唄」とも違う。これは負け惜しみ、強がりの意味だが、寅さんは堂々としている。淡々としている。だからこそ、哀れで、せつないのである。水もしたたる二枚目役者が大失恋したところで、少しも哀れではない。

寅さんの失恋回数は、映画の製作本数と、ほぼ一致しているのではないか。残酷だ。一人の男を翻弄《ほんろう》し過ぎている。

ひねくれ者

寅さんは、早く言えばバカである。遅く言えば性格破産者に近い。アウトサイダーである。だから、まともな女性との結婚はムリである。だが、そういう男の失恋物語を見て、心から笑うことが出来るなら、その人たちこそ「ひねくれ者」なのではないか。

寅さん映画は必ずしも失恋物語だけではないと思う。あの物語のユーモアと喜劇性は、古典落語のネタを網羅《もうら》している上に、新しく仕込んだネタを随所に散りばめている。だから面白い。彼は特異な性格かもしれないが、人間そのもので、浪花節的人情の世界を地《じ》で行《い》っている。それが人気の秘密である。

あなたの身内《みうち》にいたら

だが、もしこんな兄貴が自分にいたら、ごく近い身内《みうち》に存在していたら、どうであろう。たまったものではない、と誰かが批評していたが、その通り。寅さんは、お他人《たにん》だから笑えるのだ。「けっこう毛《け》だらけ、猫灰《はい》だらけ、ケツのまわりはクソだらけ」などと、誰の前でも言われたら困る。

話は横へそれるが、寅さん、口ぐせの

「それを言っちゃあ、おしまいよ」という言葉は、必ず、言ってしまった後《あと》で出る言葉である。「言わぬが花」というのも、大事な話が存在する、という意味で、なんにもないなら、花にもならない。

差別の快感

寅さんは、お他人《たにん》だからこそ笑える、と言うが、娯楽映画だから、それでいいじゃないか。というのも、まさしくその通り、である。

娯楽とは元来「差別」の快感である。距離をおいた「同情」による愉悦《ゆえつ》である。漫才にもボケ役があり、アホを売りものにしている。戦後、三遊亭可笑という落語家に、爆発的人気があった。当時の雑誌の論評に「可笑は、あの妙ちきりんな顔だから人気がある。安心して見ていられる。もし長谷川一夫のような顔だったら、同じ芸を見せても人気は出ない。そういうものだ」とあった。東大の印哲科を主席で卒業したなんて落語家がいても、誰も聞きに行かないと思う。「芸術か芸能かの判断は、観賞する人間が、見上げるか、見下げるかによって決まる」と言う。

寅さんは、あの役者だから、安心して見ていられたのだ。どんなに芸がうまくても、長谷川一夫やキムタクには、絶対に出来ない役柄《がら》である。

所詮ひとごと

「あんな兄貴がいたら、たまったものではない」とか「他人《ひと》ごとだから笑える。それが娯楽というものだ」という理屈は、一応うなずけるとして、実は、娯楽でもないのに「ひとごと」感情が、世の中には横行している。

「火事と喧嘩は江戸の華《はな》」という名文句がある。もちろんこれは、火事も喧嘩も、お江戸には珍しくないということだが、実は、この文句は警告ではない。決して教訓の場には登場しないのである。「火事をおこしてはいけないよ。ケンカをしちゃダメだよ」という意味ではない。江戸の不名誉、と言うより礼賛の場合に使われて、威勢のよい江戸ッ子の気風《きっぷ》をあらわしているのである。

野次馬の楽しさ

火事が、なんで江戸の華《はな》か、と言うと、それは、他人の家が焼けるからである。自分のウチがボウ〱燃《も》えていて「江戸の華」だと、手をたたいていられるのか。喧嘩も、自分が遠《とお》巻《ま》きの野次馬《やじうま》なら、楽しいかもしれない。だが、自分が、あるいは自分の身内《みうち》が、コテン〱にやっつけられて、鼻血《ぢ》を出してもハナなのか。血だらけになっても江戸の花ふぶきと洒落《しゃれ》ていられるのか。なんのことはない、喧嘩は、お他人《たにん》がやっているから、「江戸の華」なのである。考えてみると、この文句、随分と無責任で、イイ気なもんダ、という感じがしてくるのである。

別世界だから同情

寅さんも、火事も喧嘩も、自分は「圏外《けんがい》」だから、楽しいし、娯楽にもなっている。と言うと、「それは違う」と異議を唱える人がいる。映画でも、お芝居でもテレビドラマでも、身につまされて、主人公と一体になって笑い泣くから娯楽になるのではないか。差別どころか、完全同調だからこそ、楽しいのではないか、などと言うが、それはウソ。身につまされる、とか、もらい泣き、というのは、自分を圏外においた時にあらわれる現象である。心情的に同情し得た時、そのまま登場人物になり得たと錯覚するものである。

悲恋ドラマを、女性は好んで見る。ソープオペラという用語が造られたほどに、あの種のものは、主婦対象に出来ている。彼女らは紅涙《こうるい》（と言うほどのものではないが）をしぼって、ヒロインへ同調し、身につまされているのだが、あのヒロインは、あのような美女で、あのような環境だから恋愛になるので、身につまされている主婦には、間違ってもあり得ない。高級の和服姿で、山の手あたりを楚楚《そそ》として歩く悲恋の女性に、なりかわった気になって見ている主婦のほうは、三段腹《ばら》で、ドテッと寝ころんで、ガサ〳〵した指で、ズボンのゴムの跡《あと》をポリ〳〵かきながら、ヤキイモなんか食べている。

あこがれもアイドルも逆差別である。自分の現実と同調し得ないから娯楽になる。自分が現在、悲恋のどん底にあったり、ドラマのストーリー以上の難題を抱《かか》えこんでいたら、はじめから見る気にもなれないし、楽しくもない。不幸は自分の現実だけで、もう結構なのだ。

生存競争の、厳しい真っただ中《なか》の男は、ドラマが「癒《いや》し」にならないのである。

おしんも別世界

かつて「おしん」というドラマが絶賛を博した。たしかに、おしんの少女時代、その母と祖母が登場するあたりと、奉公先までの物語は、不朽の名作である。このドラマは、アジア各国でも、モテモテだったと言う。日本が豊かで、そのモテた外国も、ある程度の生活水準を保っている国に限られる。おしんの少女時代の話を、アフリカの飢餓難民に見せたところで、なんの反応も示さないし、ならず者と言われる倒壊寸前の社会主義国でも受けないであろう。

日本の終戦直後。田舎でもカボチャやじゃが芋は高級品。さつま藷《いも》の葉っぱ、野びる、つくしんぼ、かたばみ、はこべなど、雑草まで食いつくしていた頃、あのドラマを見せたら、「おしんて、なんてゼイタクな子だろう。あんな大根めしなんていう高級なものを食べて……」となって、全く迫力はなくなる。つまりは、距離がなければ、余裕がなければ、不朽の名作すらも、心に訴えないのである。

芭蕉のイヤミ

憂《う》きわれを寂しがらせよ閑古鳥

芭蕉の名句である。自分は今、なんとも淋しくて、せつない。だからこそ、もっと寂しがらせておくれ、それがむしろ救いになるのだ。と、こういう場合もないではない。だが、そこには気どりと、ゆとりがある場合に限られる。芭蕉の場合も、閑古鳥を鳴かせて、リリカルな、もの憂《う》い風情《ふぜい》に、とっぷり浸《つ》かってみたいという、ぜいたくな余裕がある。この気ドリが、芭蕉嫌《ぎら》いの人には、なんともイヤミにひびくのである。蕪村には、それがない。

死刑廃止の残忍性

旧著の「自殺論」で、死刑廃止論の愚かさを説いたが、日本には終身刑がない。無期懲役

というのは有期である。そういう状況のもとで死刑廃止は人道に悖《もと》るのである。

それほど過去のことではないが、アメリカで死刑を執行し、それを中継で、犯人に殺された被害者の遺族たちに公開した。遺族たちは、これで一つの区切りになったと、自身に言いきかせて、気持ちの整理をしようとした。犯人が死刑になるのを確認したからといって、肉親を失った悲しみのすべてが、拭《ぬぐ》い去れるものでもないが、と言って、犯人が、この世に、のう〱と生きているのは、もっと堪《た》えがたいのである。

ところが、被害者の遺族が、指定された一ヶ所に集まって、死刑執行の中継を見ていた時、そのまわりを、大勢の死刑廃止論者が取り囲《かこ》み、てんでに立て札《ふだ》を持って、死刑廃止をデモったのである。デモの中には子供もいた。なんと残酷なことをする団体であろう。建物の中の遺族たちが死刑廃止を唱え、まわりの連中が執行を叫《さけ》ぶなら、それも一つの信念ではあろうが、それはあり得ないことで、つまりは、まわりのデモの連中は、所詮《しょせん》お他人《たにん》なのである。そのお他人は、あの全米をゆるがした凶悪事件を「江戸の華」と思っているのである。日本の死刑廃止論者は、サリンの麻原彰晃の死刑が確定したら、廃止〳〵と、わめき散らすのであろうか。

テレビの華

ひと昔前の湾岸戦争のとき、日本人も、近代戦争のすばらしさに、テレビに釘づけになった。トマホークが障害物をすりぬけて、ものの見事に目的地に到達する。「すごいもんだなぁ」と感心する。その、すばらしいとか、すごいとか言う爆弾の、行きつく先に、必ず殺人が行われているのである。無実か有罪かはともかく、大量の死刑執行を、感嘆して見ているのである。

火事と喧嘩は江戸の華。湾岸戦争はテレビの華であった。

遺族ではない人たち

アメリカに、同時多発テロ事件という、前代未聞の事件がおこった。日本が、どうしろこうしろ、という問題ではなくて、テロへの報復は是か非かという論争が、日本にもあった。「やられたらやる。当り前のことだ」という説と、「報復は不可。こっちでやれば向こうでやり返す。いたちごっこで解決にはならない」という意見。

こういうことは、時の為政者や評論家が決めたり論じたりすればいいことで、アンケートなどとっても全く意味がない。時の流れは、歴史は、庶民にとって、どうなるものでもない。

ただ一つ、確実に言えることは、日本で、報復は不可、と発言した人は、あのビルや民間特攻機で亡《な》くなった二十数人の方の遺族ではない、ということだ。自分が遺族でなければ、自分の家が火事でなければ、喧嘩で他人が死んでも「江戸の華」で、いくらでもキレイごとが言えるのである。

戦争をしているわけでもないのに、全くの民間人の日本の学生が、飛行機ごと、ぶっつけられた。その親に「報復は、世界平和のためにならない。息子のことは、あきらめなさい」

報復の連鎖「平和」に脅威

「壮大」な廃墟、体がふるえた

その時、現場近くに　樋口　法紹師

渋滞・混乱　厳戒体制下

裏道駆け抜け子供の学校へ

裁きは法の下で

救いのない報復攻撃

テロにたいする日本政府の基本方針と当面の措置

と、言えるだろうか。このテロ事件に限らず、凶悪犯罪にまきこまれて、かけがえのない息子や娘を殺された親の心境は、これからの世界がどうなろうが、地球が爆発しようが、そんなことは、どうでもよいのである。肉親でなくても、かけがえのない最愛の人でも同じことである。旧著に「人命は地球より重い、などとキザな言葉を判事が使うのは許せない」と書いたことがあるが、その逆に、別の意味で、最愛の人を殺された人にとって、この世も地球も、どうとでもなれ、という心境に達するのは当然で、最愛の人の命こそは、地球より重い場合がある。

その日、つまりテロの日、在米勤務でニューヨークの現場近くに居住していた人の手記が某紙に載った。自分の部屋から、マンハッタンの全景が見られるという。その朝、奥さんは、子供を日本語学校へ送り届けるため出発した後で、あの爆発が起こった。奥さんと携帯がつながり、二人で、置いてきた子供の確保に必死だった。

結局、この一家は、全員無事だったが、その渋滞と混乱と恐怖の、迫真の手記の中に、次の一節がある。

無事子供達を確保でき、家族全員が一つ屋根の下に集結した時は心から安堵の息が出た。正直、マンハッタン壊滅という最悪の事態よりも、遠い異国の地で幼子達と生き別れになるほうが、私にとって恐ろしい状況に思えた。子供達を連れ、再び河畔に出てみると、もうすでに世界貿易センターは跡形もなく消滅していた。そこにはもはや普段見慣れたニューヨークの景色はなかった。「これは歴史的な瞬間になる」と、体の芯から震

えが湧き起こってきた。(以下略)

右の一節の中に「正直言って、マンハッタンの壊滅より、一家離散のほうが恐ろしい」とある。これこそが、人間の本心で、つまりはこれが正しいのである。

全く同じ紙面に、大きな見出しで、「報復の連鎖「平和」に脅威」とか「裁きは法の下で。救いのない報復攻撃」などの文句が躍っている。

これらの論説委員たちは、駐米家族でも遺族でもない。「マンハッタンの爆発は、アメリカの華《はな》」と思っているのである。

ほんとの人の心

ある医師が、重病で、病院生活を経験し、患者の気持ちがはじめて判《わか》ったという本を出して、ベストセラーになった。ということは、病気になったことのない医者は、患者の気持ちが判らないということだ。病気になって、医師の診断を経験して、なるほど、とうなずく人は多いはずである。医術の第一歩は、患者の気持ちを知ることではなかったのか。もちろん名医はいる。だが、極端に少ない。

刑事事件の弁護士は、なにかと言うと、担当加害者の人権を言う。最近は、被害者の人権も言われるようになったが、弁護士自身が被害者か、その身内《みうち》になった事件がいくつかあって、自覚してきたらしい。先述の医師と同じである。

もちろん例外はあろうが、医者とか裁判官、弁護士という職種の人は、なぜ、人の心というものが判《わか》らないのであろう。実に不思議である。

「更生」は不可能

少年、とも限らないが、鬼畜にも劣る恐悪犯罪が起こる。裁判官や弁護士が、その被告人の将来を、つまり更生の道を考えて……などと言う。

凶悪犯の場合、「更生」などということは、先ずあり得ないことである。たとえば、死体をコンクリート詰めにした犯人が、刑を了《お》えて出所したとして、一体、どの企業が雇《やと》ってくれるのか。自営業でも百姓でも、田舎では絶対に住む場所はない。素性《すじょう》をどんなに隠したところで、隠しおおせるものではない。

地方では、三十年前に、たった一度だけ、スーパーで万引きした主婦が、かげでは「万引おばさん」の呼び名で通る。しかもこの名は、二代、三代と続くのである。「あのうちのおばぁちゃんはね……」という工合《ぐあい》に伝えられる。この主婦は、その後、ボランティアで活躍したり、婦人の文化運動に携《たずさ》わっていたが「万引おばさん」の通称は消えていない。

万引きくらいでも、この通りである。殺人犯の少年が出所してきて、どうして更生できるのか。大都会に隠れて仕事を見つければいい、と考えるのは昔の話。こういう情報社会では、田舎も東京もない。いずれは知れてしまうのである。世の中には、おせっかいや、陰湿冷酷な人間がいるもので、たとえ更生しようとしても、

情報は、またたく間に、電波で四方八方に飛び散ってしまう。

取り返しのつかないことをした、というのは、取り返しがつかないので、もう、その人間の社会的生活は、おしまいなのである。裁判官や弁護士に、直接訊《き》いてみたいのは、「更生の道」と、かっこよく言うが、具体的に、どんな道が、どんな方法があるのか、ということである。

つまり、医者も法曹界の人も、商売の相手は、お他人《たにん》なのである。火事と喧嘩は江戸の華。まさにその通りなのである。

では、そのことが悪いのか、と言うと、善悪の問題ではなく、人間とはそういう生き物で、これは、どうにもならないのである。仕方がないのである。それを自覚した上で、ものごとを処して行く以外にはない。自覚するとしないとでは、いくらかでも違うはずである。

ただ、道学者みたいな、立て前《まえ》だけのキレイごとを言ってはいけないということである。これもキレイごとになるが、わが身に置き換《か》えてみないと、ほんとの「やさしさ」や「人間らしさ」は生まれてこないのである。

芸術恐怖症への助っ人《すけっと》

プロの世界

大正末期の話。村に一人の神童がいた。囲碁の天才である。ハナったらし小僧のくせに、周辺の大人の碁天狗《ごてんぐ》たちを、完膚《かんぷ》なきまでにやっつけた。こんな子供は見たことがない、と村人の一人が、村長が知り合いの、当時出来たての日本棋院の先生に、村へ遊びがてら来てもらった。先生は子供と碁《ご》を打って、「ふむ。これはすごい」と唸《うな》った。まわりの大人どもも息を呑《の》んだ。「なるほど、話の通りだ。ときに坊や。幾歳《いくつ》だな?」「十一歳です」先生の顔がかげった。「残念だが、プロになるのはムリだ。坊やが今、六歳で、これだけの力があればなァ」まわりの村人も、納得して、あきらめた。

別に珍しい話ではない。陳腐この上もない、ありふれた話である。しかし村人たちは、プロとアマの違いは、どうにもならぬという説明に、今も、村におこった、この物語を語り伝えている。

囲碁将棋の場合は、プロとアマとは別世界の存在らしい。プロの初段とアマの初段では、全く勝負にならないと言う。野球で、甲子園の寵児《ちょうじ》が、そのままプロに通用したり、学生横綱が、数場所で入幕を果たしているので、プロとアマの差が、かなり接近している。趣味娯楽でも芸術でも、プロとアマが隔絶《かくぜつ》しているものと、接近しているものと、区別のつかないゴッチャのものとがある。困るのは、知識や認識の不足で、隔絶しているものを、ゴッチャにしていることである。

スポーツとは何か

「趣味はスポーツ」とか「スポーツが好きだ」という言葉くらい曖昧《あいまい》な表現はない。スポーツをするのと見るのとでは、全く別のことだ。野球シーズンになれば、球場へ通うか、テレビにかじりついている人間もスポーツ愛好家であろうし、競馬もスポーツのジャンルだから、これに賭《か》けて、人生も家庭もメチャャくにする人間もスポーツ熱愛者ということになる。

スポーツを見るということは、ほかのショーを見るのと全く同じで、賭博《とばく》と、なんら変るものではない場合もある。スポーツと言うとすぐ、「明るく健康的だ」と、なる。血だらけのボクシングやプロレスに限らず、明るいスポーツなんて実は少ないのである。

スポーツをするのが好き、というのは、せいぜい草野球かゲートボール、卓球でなくてピンポンあたりまでの類《たぐ》いで、これとても、地方大会、中央大会などと組織づいてくると、必ずしも楽しみだけではない。栄冠涙あり、とか、日夜を分《わ》かたぬ練習の成果、などと賞《ほ》めたたえられる人間がいるときは、下積《づ》みで泣く無数の人間がいる、ということで、屈辱の経験から栄光を得れば、口惜し涙を流している人間がいる、ということである。

人間の残忍な闘争本能を中和させるために考え出されたものがスポーツであり、人間の知恵であり文化である。という説明は、ある程度には納得できるが、どうもスポーツの話になると、わかりにくいし、舌足らずになるし、尻切れトンボになると思って、試みに辞典を引いたら、なるほど、ということになった。

スポーツ――陸上競技・野球・テニス・水泳・ボートレースなどから登山狩猟に至るまで、遊戯・競争・肉体的鍛錬の要素を含む身体運動の総称。

競馬や競艇どころか、山登りから魚釣りまでスポーツなのだから、見る人・する人、プロとアマなどの問題は、手のつけようがない、ということである。

この不可解なるもの

スポーツの定義で懲《こ》りたから、誰しも悩みの種の「芸術」については、先に辞典を調べることにしてみた。

芸術――一定の材料・技術・様式を駆使して、美的価値を創造・表現しようとする人間の活動およびその所産。造形芸術（彫刻・絵画・建築など）表情芸術（舞踊・演劇など）言語芸術（詩・小説・戯曲など）また時間芸術と空間芸術など、視点に応じて種々に分

類される。（広辞苑）

なんのことはない、人間のやることなすこと、すべて芸術だということで、だから、おかしなものが、いっぱい出てくるわけである。「美的価値を創造表現する」と言っても、美的価値が、あるかないかを、誰が決めるのか。一人で勝手に思いこめば芸術なのか、理解する第三者がいればいいのか、第三者の数は多いほどいいのか。評価する人間の、量の問題か質の問題か、などと考えて行くと、せっかく大辞典で定義してくれても、結局は、なんにもわからないのが芸術らしい。

一般の人は、芸術を畏怖する。わからないから敬遠する。それも口惜《くや》しいから軽蔑する。だが、ある一定の生計条件のもとで、「大学教授になりたいか、芸能タレントになりたいか、スポーツのスーパースターになりたいか、それとも、芸術家になりたいか」と聞けば、思いもよらぬ多数の人間が、芸術家のレッテルを貼《は》られたいと願っているという。芸術家になんかなりたくないと言う人は、自分には、はじめからそんな才能はないと、あきらめているからである。

気取《きど》ったり、かっこうをつけたり、誤解されたがったりするのは芸術家だけである。ほんものとウソものの区別がつきにくいのも芸術家である。

わかった顔をする辛《つら》さ

一般の常識人、というか、われわれ平凡な人間は、なぜ、人を楽しませるはずの芸術を畏怖するか、というと、世間で一応評価されたものを、わからないとか認めないと言うと、バカにされたり、無教養だと思われるからである。

ゴッホの絵が、鶏《とり》小屋の穴ふさぎに使われていた話がNHKで放送された。つまり、誰も絵の価値を認めていなかったのである。誰かが評価してから、ゴッホの絵と言えば何億円である。北斎や広重の評価が定着したのは、そんな古い話ではない。逆に、評価されていたものが、紙屑同然になることもある。だから一般の、われわれ平凡人は、付和雷同《ふわらいどう》する以外にはない。誰もが審美眼つまり鑑賞能力など持っているわけはないから、その道の権威だと思われている人の批評を、そのまま受け入れるほかはない。淋《さび》しい限りである。

こんな話は、絵だけではない、どこの分野にもある。チャイコフスキーの交響曲「悲愴」は、今でこそ五大交響曲（最もポピュラーな）の一つだが、当時は、あまりに陰鬱なため、自殺交響曲と呼ばれて不評だった。ビゼーの「カルメン」は、あんなふしだらな女がヒロインとは以《もっ》てのほかと悪評で、ビゼーは失意のうちに死んだ。「未完成」は、シューベルト没後三十七年目に世に出たので、本人は全く知らない。バッハはメンデルスゾーンが「音楽の父」にのし上げたのである。

「メンデルの法則」のメンデルも、自分の業績が評価されたのを全く知らない。「オームの法則」も、まわりの科学者は、だれも認めなかった。ガリレオ、コペルニクスも同じこと。

それぞれに、こういう話は、山ほどあるから、われわれ素人は、どうしてよいか、わからなくなる。

芸術というものは、それを創造表現するにも、プロとアマがあるのは当然だが、それを鑑賞する側にも、厳然と、プロとアマがあることを認識すると、少しは気がラクになるものである。

純文学は才女の手習い

小説を、純文学と大衆文学に分けた人間は誰であろう。罪深いことをしたものである。純文学とは「大衆文学に対して、純粋な芸術を指向する文芸作品を言う」のだそうである。別に、通俗小説というのがある。「芸術的価値に重きを置かず一般大衆の娯楽慰安を主眼とする小説のことを言う」とある。大衆文学も通俗小説も、一般大衆の娯楽慰安のためのもので、芸術的指向をしないものだ、と言うのだ。

右の定義を記載した広辞苑が悪いわけでも、間違っているわけでもないだろうが、先ず、これほど大衆をバカにした話はない。一般大衆への娯楽慰安は価値がない。芸術などとは、チャンチャラおかしい。バカを相手にするやつもバカだと言う。

大衆の娯楽をめざす、なんて、芸術の最高目的ではないか。「あんた達《だち》一般大衆は、どうせ芸術作品など、お呼びでないんだ、あきらめるんだな」と言わんばかりである。

そんなに純文学が高級なものか、文学賞受賞作品が、そんなにも有難いものなのか。

次の文は、松本清張の訃報に接して、文藝春秋「諸君」が掲載した論説だが、その最終結論の部分を引用してみる。

……清張が出たがために、大学出の小説家の愚にもつかない身辺雑記や私小説に毛の生えたような純文学は吹っ飛んでしまい、いまでは才女の手習いとして余喘《よぜん》を保つのみである。現代日本文学における清張の地位は、おそらくアメリカ文学の中のヘミングウェイに匹敵するだろう。あんなに面白い作家は、もう二度と出るまい。(原文のまま)

純文学などは、才女の手習いだ、と、この大評論家が言い切ってくれると、世の一般大衆は、やれ〳〵と安心するであろう。純文学のために、どれだけヤセガマンをしてきたか。興味がないと言えば無教養だと思われるから、文芸評論家の批評を読んで、自分にも言いきかせる。自分を納得させる。ほんとは、ちっとも面白くないのに、これは、たしかに辛《つら》い。

プロの考え方

推理小説が文学になり得るかどうかという論争は、しばしば聞くが、文学作品になり得るものは、推理小説であろうが恋愛小説であろうが、一向に変りはない。推理小説の最後に「絵解き」（註、つまり犯罪の種あかし）の部分が入ると、俄然「文学性」は地下にもぐってしまう（清張）

右の清張の文の「文学作品」とか「文学性」とは何か、というと、これは素人には、わからないものである。つまり文学で飯《めし》を食っているプロと、文学を道楽と考えているアマチュアとは、価値観が違うので、気にしなくていいのである。

松本清張が、現代日本最高の作家であることは論を俟《ま》たないが、先に引用した「諸君」の清張論の冒頭に、「日本人はこれまでに何度、あすの出勤時間を気にしながら、夜がふけるまで、松本清張の長編に読みふけったことだろう……（略）」と記してある。この筆者は論説のプロ中のプロだが、「日本人は……」と書き出しているところが面白い。清張の場合は、プロでなくとも、われわれアマチュアでも面白いと感ずるのが、すごいのである。

江戸川乱歩の場合

清張が出たついでに、文学が理解できるゲイジュツ家と、通俗の一般大衆と、どこが違うか、具体的に挙げてみよう。

日本にも本格的な探偵小説作家が出たと驚嘆したのは、江戸川乱歩の出現だった。「二銭銅貨」「D坂の殺人事件」「心理試験」などが続々発表されて、私は夢中になった。大変な天才が現われたと思った。乱歩が「一寸法師」あたりから、いわゆる講談社の通俗雑誌に走るようになって、私の乱歩への傾倒は消滅した。私は氏の輝かしい生命は、その時に終ったと思った。(清張『黒い手帖』)

この清張の乱歩論と全く同じようなことを他の何人かの文芸評論家も言っている。こんなのがある。「私は、乱歩の通俗探偵小説を数多く読んでから後に、初期の短編に出逢って驚愕した。自分は不幸にも、はじめに初期の作品にめぐり合えなかったのだ」……プロにとっては、そんなにも不幸なことなのか。しかし、ここには、プロを自認するキドリがある。この人は、通俗になってからの乱歩を、かなり読んだことになる。プロとして読むに堪えないなら読まなければよかった。そのころの乱歩は、ほとんどが大長編だから、引きずられて読んだに違いない。大長編を終りまで読んで、「コケおどしだ」「陳腐な形容語を、大げさに使用している」「現実ばなれだ」などと、あとで言うのは、ちょっとカッコよすぎる。

志賀直哉の「暗夜行路」など、文学のアマには、とても終りまでつき合えない。完読した人はプロで、その人には、あの名作の文学的芸術的価値が、わかるのである。

通俗乱歩礼讃

われわれ文学のアマチュアが、なぜ乱歩の、あの長編に惹《ひ》かれたか、そもそも惹《ひ》かれることが、なぜ悪いのか、なぜ低俗なのかは、アマチュアには永久にわからないが、「教養のある人間は、お化屋敷に行くべきではない」などという理屈は通らない。お化屋敷のレイアウトだって、彼等は生活が、かかっているから、恐らく必死であろう。カラクリ程度のものではダメだから、ハイテクを駆使しているかもしれない。

怪人二十面相に少年も、大人さえ夢中になるのが、なぜ低俗なのか、アマにはわからないのである。

アルセーヌ・ルパンは、モーリス・ルブラン原作のフランスの盗賊である。ところが、このルパンが、日本にやってきて、明智小五郎と対決する。明智は、A・Lというイニシャルを見て、ルパンが日本に上陸することに気がつくのだ。そのルパンの目的がまた、すごい。国宝中の国宝、法隆寺の「玉虫の厨子《ずし》」を盗む、というストーリーだ。

ルパンも明智も架空《かくう》で、対象となる「玉虫の厨子」だけが実在する。乱歩の、この作品で、「玉虫の厨子」という国宝の存在を知り、修学旅行のとき、本物を見て感激した人も多い。

コケおどしであろうと、ホラッぱなしであろうと、この発想は、誰でもが考えつくことではない。乱歩の才能である。

丹下左膳の「こけざるの壺《つぼ》」へ銭形平次の投げ銭がパシッと当たって、壺が真《ま》っ二《ぷた》つに割れる。中の書類が鞍馬天狗に渡り、明治維新の夜明けにつながった、というような物語を、手に汗握るような筆致《ひっち》で書いたら、さぞ面白いだろうと思うが、それが、なぜ低俗なのか。

菊地寛の場合

乱歩と全く同じような批判を受けている作家に、菊池寛がいる。もう一度、清張の随筆から引用してみる。

他人は、僕に誰の影響をうけたかと問うことがある。それに、即座に菊地寛と答えたいのだが、そこには多少のためらいを覚える。そう答えると、きまってその人は失望した顔つきを見せるからだ。その理由は誰でも知っていよう。しかし寛が後年、通俗ものに走ったとはいえ、彼の初期の作品は、僕には「わたしの古典」である。僕がいま歴史物を書くようになったのも、菊池寛が眼を開かせてくれたと思っている。

菊池寛の影響を受けたなどと清張が言うと、きまって、その人は失望した顔つきを見せる、という。この失望するヤツはイヤな人間である。さも、オレには文学がわかるというような顔をしているキザっぽいヤツか、あの、いやな文芸評論家であろう。乱歩でも寛でも他の作家でも、当時の講談社発行のキングを頂点とする九大雑誌に作品を載せるようになれば、通俗というレッテルを貼られ、芸術から見はなされるのである。

菊池寛を辞書で調べると、「文芸春秋を創刊……（略）……のち長編通俗小説に成功」とある。久米正雄のほうは、「……（略）……のち通俗ものに転じ……」と出ている。菊地寛は、成功した、と差がつけてあるが、通俗小説に成功、とはどういう意味であろう。

文芸愛好家は、プロを気取って、えらそうなことを言わないでほしい。アマのやせがまんは、気の毒そのもの。文芸評論家は、一般大衆の楽しみを奪ってはいけない。低俗だ、などと言ってはいけない。こちとらには、ほんとにわからないのだ。純文学がわからないと、人間的にも劣るような言い方は、困るのである。

やせがまんしないで……

その時の話題について、女性二百人に電話回答してもらうというテレビ番組があった。数年前のことだが、「日本が世界に誇れる有名人を挙げよ」というテーマであった。そのとき、ノーベル賞を貰ったばかりの大江健三郎が第一位になった。黒沢も征爾も北斎も、てんで寄せつけなかった。ところがあとの話題で、その二百人の中に大江の愛読者は一人もいなかったらしい。ノーベル賞作家の小説がわからない、なんて、彼女らのプライドが一番ゆるさないことだから、読んだような、わかったような顔をしているだけだ。

あの作家の小説がわかるのは、文学鑑賞のプロ中のプロで、アマにわかるわけがない。こちとらにも全くわからない。書いてあることの意味がのみこめないのだから、理解できるわけがない。清張の文章なら、あんなにスラ〳〵と頭へはいるのに、一体これは日本語だろうか、と思う。同じようなことを作家の阿川弘之が言っているが、その通りだ。

ところが、巨匠の中の巨匠、

ドナルド・キーンが大江の文学を認めていることがわかった。となると、われわれ素人は、バカだからわからんのだ。大江の文学は、誰かが外国語に翻訳して、それをまた誰かが日本語に直してくれれば、バカにもわかるかもしれないと思った。

ある文学通の、大江文学を認めている人に聞いたら「大江の文学を理解するには、埴谷雄高あたりから入って行かないとダメだ」という返事。なにかの研究か文学部の卒論じゃあるまいし、たかが小説を読むのに、そんな段階があるなら、ごめんそうらえだ。第一、そのハニヤなる作家も作品も知らない。やっぱり小説は、一般大衆の中へ入れてもらったほうがいい、とつくづく思ったものである。

俳句の場合

それでは、小説ではなくて、たとえば俳句の場合は、どうであろう。俳句については、拙著『温帯芸術論』で管見を述べた。

俳句は、プロつまり俳人のラベルを貼られている人か、それを趣味としているか愛好している人にしかわからぬ芸術である。アマでも、芭蕉・蕪村・一茶というような、昔の俳諧師の句の中の、いくつかは理解できるが、それ以上はムリである。俳句講座などで、プロの先生が、ちょっと字を変えたり語句を入れ替えたりすると、なるほどいい句になったなと思う、その程度は、アマにもわかる。俳人というラベルが貼られる人は、もちろん才能がある人で、その才能のない人は無数にいるので、アマは安心していい。極端に言えば、俳句は、わかる人のほうがおかしいのである。

俳句リトマス試験紙（プロアマ判別法）

長銀、などというと悪徳銀行の代名詞みたいに言われて、少し可哀相な気もする。というのは、この銀行が毎月発行していた「長銀通信」なる冊子は、一応保存の意義があるものであった。毎号、その巻頭文に「季節のことば」として、金子兜太や楠本憲吉の解説付きの名句が載っていたのである。すべてがプロの第一級俳人のものばかりである。

花げしのふはつくやうな前歯哉《かな》　（一茶）
ラガー等のそのかちうたのみじかけれ　（白虹）
愁《うれ》ひつゝ岡にのぼれば花いばら　（蕪村）
虚空《こくう》雪降る一途《いちず》なる妻遊べる妻　（楸邨）
女人高邁《にょにんこうまい》芝青きゆゑ蟹は紅く　（しづの女）
旅人に蟻一匹や光堂《ひかりどう》　（東洋城）
しぐるるや駅に西口《にしぐち》東口《ひがしぐち》　（安住敦）
白鳥という一巨花《いちきょか》を水に置く　（草田男）
松陰《まつかげ》に寝てくふ六十余州哉《かな》　（一茶）
南《みんなみ》に夕日曰ねもす北蒼し　（草田男）
算術の少年しのび泣けり夏　（三鬼）
分け入っても分け入っても青い山　（山頭火）

重ねてあった「長銀通信」の、上から無作為に書き連ねてみたもので、難解なのを選んだ

わけではない。兜太らが採択した、ほんの、ごく一部に過ぎない。(俳句のふりがなは、冊子の記載の通り)

先ず、下記の俳人の名に、一人でも知らない人があったら、その人は俳句に趣味のない人である。こちとらも四人くらい知らなかったが、兜太らの解説で、すべて超一流の俳人と納得した。

次に、これらの句を、読んだだけで意味がわかり、なるほど名句だと唸《うな》れる句が、一句でもあったら、その人は、俳句のセンスがある人である。全部名句だということがわかったら、それは俳句の才能がある人で、俳人のラベルが貼られる筈《はず》である。

正直言って、こちとらアマには、一句として理解できるものはなかった。理解し得たと思って兜太らの解説文を読んだら、解釈が見当違いだった。それでも彼らの解説文を、じっくり読むと、その句が生きてくるのである。しかし、かなり長い解説がなければ句意が理解できないという人は、俳句など、あきらめたほうがよい。本体わずか十七字に、六百字前後の解説がついていないと、どうにもならないのである。

俳句の才能というのは、学歴も教養も全く関係がないように見える。作文力など無能に近い人が名句を作る。山下画伯の画才のようなものかもしれない。

青い山の小学生と山頭火

昭和十年代の、ある小学校の、ガリ版刷《ず》りの文集がある。五年生一《ひと》クラスだけの文集で、俳句は、作った児童全員のものを載せたらしい。次のような調子である。

初雪《はつゆき》や、ぼくはうれしく、たまりかな
さつまいも、洗え洗えば、赤くなる
うちの猫、ねずみを取らぬ、なぜ取らぬかな
のぼっても、のぼってもまだ、青い山

最初の句は、初雪が降って、ボクはうれしくてたまりません、という気持ちをよんだのだが、十七字にしなければならないため、うれしくたまりかな、となったもので、滑稽どころではない、必死になって取り組んでいるさまは、涙の出る思いである。

さつまいも、洗え洗えば赤くなる、……畠から掘り出した藷《いも》は土だらけで、縄のたわしで、川の流れで洗うと、洗うほどにきれいな赤い皮が出てくる情景である。

うちの猫が鼠をなぜ取らぬ、なんてのは俳句にならないと思ったのだろう。字あまりを承知で、かなとつけて俳句の形にしたつもりらしい。

のぼっても、のぼっても、の句は、村の裏山に登ったとき、たいした山ではないと思っていたのに、中《なか》々頂上が見えないので、心細くなった時の気持ちだと言う。

この、のぼってもまだ青い山を作った小学生が山頭火のことを知るわけがない。山頭火は昭和十五年に死んでいるが、マスコミに乗って有名になったのは、そんなに昔の話ではない。彼などは、知る人ぞ知るで、昭和十年代の小学生には、およそ無縁の存在である。山頭火は井泉水の弟子だったが、流浪流転《るろうるてん》、乞食生活を続けていた。そんなウス汚《ぎた》ないヤツが作ったからこそ、「分け入っても分け入っても青い山」が名句で、彼の代表作になり、小学生が作ったのはダメだ、という理屈が、どうしてもアマにはわからないのである。俳句は十七字だけが勝負で、素性《すじょう》も学歴も人生経験も、関係がないと思うのが素人《アマ》の考えである。

詩のリトマス試験紙

俳句よりも少し長い、詩の場合はどうか。詩と言っても、定形詩、藤村の新体詩あたりまでは素人にもわかるから、近代の詩、つまり自由詩ということにする。

高校の国語の教科書に、よく掲載されているものの中から、短いのを選んでみよう。

高　原　　　　　　　　宮沢　賢治

海だべがど　おら　おもたれば
やっぱり　光る山だたじゃい
髪毛《かみけ》　風吹けば
鹿《しし》踊りだじゃい

天　気　　　　　　　　西脇順三郎

《くつがえされた宝石》のような朝
何びとか戸口にてだれかとささやく
それは神の生誕の日

二篇とも、これで全文である。一部でも抜粋でもない。そして詩人もその作品も、あまりにも有名である。教科書だから、あとに設問がある。

「この詩を読んで、どのような印象を受けたか」

「この詩は、作者のどんな感動を表現したものか」

これに答えられる人は、もう詩人で、恐らくプロになれるだろう。アマにはムリである。ふつうの人間には、この二篇とも、意味不明だからである。秀《す》ぐれた詩は、俳句よりもわからない、ということは、俳句よりは高級な芸術だということだ。一般大衆は、俳人より詩人のほうが、ランクが上だと、なんとはなしに思っているものだ。

右に挙げた詩より、もっとわからない詩が、教科書には、いっぱい載っている。詩とは、一度読んだだけでは、わからないように書くものだ、と、マジメに思っている人もいる。詩は、詩の世界に住む人しかわからないもので、同人雑誌みたいに、仲間だけに通用するものだ、と、割り切ってしまわないと、ただ悩むだけである。そんなことはない、詩こそは、洗練されたすばらしい芸術だ、と説明したり反論する人は、その人が詩人だからである。

詩壇の大御所萩原朔太郎の「郵便局」なんて詩は、それが詩だということを、アマに納得させるのは至難の業《わざ》である。漢書に「詩は別才なり」と出ているが、日本でも中国でも、まことにその通り、作るだけでなく、鑑賞も別才である。

難解な童謡

大人向けの詩でなくて、童謡でも、名作と言われるものは同じことである。

北原白秋の「赤い鳥小鳥、なぜなぜ赤い。赤い実を食べた。青い鳥小鳥、なぜなぜ青い、青い実を食べた……」という詩を、小学校のとき習って、「こんな詩なら、オレにも作れる」と言って、「黄色い鳥小鳥、なぜなぜ黄色い。肥槽《ため》ン中《なか》へ落《お》っこった」と、ふざけて先生におこられた子供がいた。

この人が成人して、プロの詩人から、この赤い鳥小鳥の意味を説明され「ほう、なるほど、この詩に、そんな深い意味があったのか。だから名作なのか」と驚嘆したと言う。

とにかく、こういう世界は、つまらないとか、くだらないとか、うっかり言えない世界なのだ。

ところがそれをよいことに、わかってもいないのに、えらぶって評論などするから、なお、ほんとのことがわからなくなってしまうのである。

大著・小学生全集

菊池寛の話から、どうしても口にせずにはいられないことがある。大正末期から昭和初期にかけて、文藝春秋社は、一大事業を成し遂げた。全百冊以上にも及ぶ「小学生全集」の刊行である。戦後六十年近く、このような企画は知らない。計画しても日教組あたりが潰《つぶ》しにかかるかもしれない。

といって、この全集、右翼にも軍国主義にも全く関係がない。もちろん全集の中には「乃木大将と東郷元帥」とか「明治大帝」とか、陸軍や海軍の解説もある。だがそれは、独立国なら当然採《と》り上げるべきで、なかったら、ウス気味悪い。文学全般・科学全般、小学生のための教養娯楽すべてを網羅《もうら》している。長期間の配本で、本の背が赤いのが初級用、青いのが上級用であった。かなりの発行部数であったろうが、この全集を買い与えられたのは、恐らくは、限られた良家の子女であった。

たとえば田舎では、クラスに一人が少年倶楽部を持っていて、「のらくろ」のマンガも熱血、冒険小説も、まわし読みしていた時代であった。

この小学生全集の第六十七巻が、兼常清佐博士の「音楽」の本で、これは名著である。末尾に、二十ページを費《つい》やして、ベートーヴェンの「月光の曲」が三楽章まで全曲掲載されている。ロマンツェ（作品五〇）もシューベルトの菩提樹も、なんと総譜で載っているのである。今の小学生には考えられないことで、スゴイと言うよりほかはない。

兼常博士は、音楽の解説をしながら、「戦争は悪い」「戦争は大きらいだ」と、くり返し書いている。ハイドンの妻も、モーツァルトの妻も悪妻であった、なんて、小学生には、どっちでもよいことまで解説している。

実は、この本の中で、著者が、小学生向けに、芸術の話をしているのである。

第一に、「芸術としての音楽」ということをよく人が言うが、その「芸術」ということからして、諸君には大変むつかしい。何だかわからないであろう。しかし、それは諸君がまだ若いから、ものがよくわからないのではない。諸君のお父さんや先生に「芸術」とは、どんなものですか、と聞いてごらんなさい。さすがのお父さんも先生も、ちょっと返事に困るであろう。そしたら一体、誰がそれを知っているのであろう。音楽家に聞いても一言の返事も出来まい。

結局、だれも充分には知っていない、誰もはっきりした返事をするものはない、ということになる。つまり、いろ〳〵な人がめい〳〵勝手に理屈をつけて、これが芸術だ、あれが芸術だと言いあっているだけのことである。（以下略）

芸術の定義

大正末期の、小学生向けの芸術論は、今の時代にも、大人にも、そっくり通用するのである。誰も明確な解答を提示し得ない「芸術」とは、なんと不思議な言葉であろう。

ただ、ある字典に明快な説明があった。「芸術とは、有名人、インテリ、金持ち、この三者をだます時に使う、最も有効な言葉である」

蛇足の結び「戦前の自由」

名著「小学生全集」を読んだ小学生は、恐らく八十五歳を過ぎ、他界されている方が多いであろう。この人たちの少年少女時代、青春時代は、どんなであったろうと思う。今より、はるかに貧しかったであろうが、教育水準は、はるかに高かったような気がする。

敗戦までの昭和期を、「軍国主義の暗い時代」と勝手に決めつける人がいる。それは全くウソでデタラメの話である。たしかに大日本帝国という、当然の枠《わく》も制約もあった。だが実は、今よりも、はるかに自由であった。ソ連崩壊後は、いくらかラクになったが、戦後の金しばりみたいな不自由さは、戦前にはなかった。そんなはずはない、と理屈をつけている人は、戦前を体験していない人たちである。

なぜ自由な解放感があったのか、という理由の一つに、戦前は、あの進歩的文化人という人種がいなかったからである。その人種をバックにして「おれたち主義者は頭がいいのだ。お前たちのような『資本論』も読まぬ無教育の人間とは違うのだ」とイバリくさる連中が誰もいなかったからである。

「戦前は特高《とっこう》（特別高等警察）があって、自由を束縛《そくばく》されていたではないか」などと、すぐ言いたがるが、それもマッカなウソ。体験もしていないで何かの本や映画からの知識をふりまわして、勝手なことを言う人が多い。

たしかに特高という特殊部隊はあった。しかし、その人たちの対象は、戦後で言えば、あの浅間山荘へ立てこもった人たちで、一般国民は、なんの意識も抵抗もなかったし、ほとんどの大衆は、特高の存在すら知らなかった。特高という言葉が一般に知れわたったのは、実は戦後のことである。特高とは、マルクス主義にかぶれた人たちを追いかけ追いつめる秘密組織のことだから、一般国民には関係がないし関心もなかったのは当り前である。戦後、特高が非難の矢面《やおもて》に立たされて、戦前は思想弾圧・人権侵害だらけみたいな話にされてしまったのである。

•〜•〜•〜•

たとえば「愛国行進曲」とか「紀元二千六百年の歌」がある。これはもちろん軍歌ではないが、庶民は直《す》ぐ替《か》え歌を作って、集会のあとの余興などに堂々と歌う。「見よ東海の空明け受けて……」は「見よ、トウちゃんのハゲ頭《あたま》……」になる。「金鵄輝《きんしかがや》く日本の、栄《はえ》ある光、身に受けて……」は、「金鵄輝く十五銭、栄ある光、三十銭……」となる。「金鵄《きんし》」も「光《ひかり》」も、当時のたばこの銘柄《なまえ》である。だが、反政府とか反権力とか世相諷刺などという気持ちは全くなかった。だからこそ平気で歌っていたのだ。非常時とか統制という言葉は、毎日聞かされていたが、なにか自由の気が漲《みなぎ》っていた。奔放《ほんぽう》であった。食べるものにも事欠《ことか》いたあの時代にも、上からのしかかるものがなかった。これは実に不思議な自由であった。

こういうことは、素人が口出しすることではないが、素人流に考えると、あのころの日本人には、はっきり意識はしていなくても「独立国の矜持《きょうじ》」というものがあったのではないか。それと、もう一つ、敗戦のおかげで牢屋《ろうや》から出てきた連中が、わが世の春とばかり、ホラッ話《ぱなし》を吹きはじめ、その風で、あの自由が吹っとんでしまったのではないか。

一般教養の水準は、音楽だけにしぼってもかなり高かったようだ。兼常音楽博士の小学生向けの本の知識は、そのまま次の世代に引き継がれて行ったようである。当時の学生たちは、世界的名指揮者の名前を誰でも知っていた。

ワインガルトナー・トスカニーニ・フルトヴェングラー・ブルーノワルター・メンゲルベ

ルク・ストコフスキー等々。「オーケストラの少女」という映画で、ノータクト（指揮棒を持っていないという意味）のストコフスキーが、「ハンガリー狂詩曲第二番」を指揮する。小遣いに困らぬ学生は、映画館を出るとレコード店へ寄って、リストのその曲を手に入れ、夢中になって聴く。学生たちの、校内休憩時の話題を再現してみる。

「おい、ヒットラーが、メンデルスゾーンの曲を演奏禁止にするそうだ」

「え？　なぜ？」

「メンデルスゾーンがユダヤ人だからさ」

「ところが、フルトヴェングラーが猛反対をしているそうだ。さすがのヒットラーも、ヴェングラーの言うことだと、聞かないわけにはいかんらしい」

「おい、そのフルトヴェングラーは、ピアニッシモが、すごくうるさいそうだ。たとえばベースの奏者に、もっと小さく、まだ小さく、もっとまだ小さくって言うもんだから、しまいに演奏するカッコウだけして、音を出さなかったら、よしッとOKが出たそうだ」（笑）

「おい、トスカニーニの運命を聴いたか」

「すごい。全く別の解釈だ。彼が持ってるから帰りに行こうや」

戦前のジャケット　左…ストコフスキー指揮、ドボルザークの新世界
右…メンゲルベルク指揮、ベートーヴェンの運命

レコードの買える学生は限られていた。何枚組というアルバムになっているから高価である。それに重い。ベートーヴェンの第九番「合唱」など、両手でないと持ち上がらない。フルトヴェングラーの「田園」は、第二楽章が他の指揮者より長く、レコードが一枚多い。それだけの長さでないと表現出来ない、とヴェングラーは言っていたが、貧乏学生は、どうしても敬遠してしまう。

ある、ひとりの学生が、レコードというものを、はじめて買ったのが、メンゲルベルクの「運命」であった。レコードはテレフンケンで、ビクターより価格がかなり安かったので、貯《た》めた小遣いで思いきって買った。付録に全曲の総譜がついている。トスカニーニの人気絶頂期で、それを買いたかったが手が出なかった。ところが、音楽通の友人が、彼がメンゲルベルクを持っていることを知らずに、

「ドイツ人はね。メンゲルベルク指揮の運命でないと、絶対に感激しないそうだよ」と情報を入れてくれた。それは事実らしかった。彼は有頂天になった。

メンゲルベルクとトスカニーニとでは、これが同じ「運命」かと思うくらいに違っていた。トスカニーニが、華麗で歯切れがよいのに較《くら》べ、メンゲルベルクは、どっしりと重く、荘厳という感じである。

おしゃべりが済《す》んで、さぁ次の時間は「教練」だというわけで、みんな校庭へ出る。なんの抵抗もなく、当り前の学園生活である。(軍事教練という科目は、中学校以上、どこの学校にも必ずあって、配属将校が指導に当たっていた。)

東條英機が実権を握りはじめてから、敵性音楽禁止となって、米英人の作曲したものは演奏不可。フォスターもガーシュインも、ジャズもハワイアンもダメになったが、それほどの

不自由は感じなかった。ショックだったのは、ドボルザークの「新世界」が演奏禁止になったことだった。ドボルザークはチェコ人だが、「新世界」イコール・アメリカ大陸礼讃だからダメだと言う。東條のごきげんとりか何か知らんが、陸軍とはなんて愚劣なことをするんだろうと、「東條のバカやろうめが……」と、てんでに悪口を言って鬱憤を晴らした。戦後、いち早く「新世界」が解禁になって、はじめて演奏会が催された時の感激を、音楽ファンは語り草《ぐさ》にしている。

そして、前に挙げた指揮者たちが、バーンスタインからカラヤンに、そして征爾というように替《かわ》って行く。レコードもＳＰからＬＰに、そして今は、ベートーヴェンの第九番全曲が直径十二センチにも充《み》たない一枚のＣＤに納められている。

素人が口出しすることではないが、教育の自由も芸術文化の自由も、戦前にこそあったのではないか。戦後の「ゆとりの教育」とは、なんであったのか。五日制とは、なんなのか。大正末期の、あの教育水準は、どこへ行ったのであろうか。わからない。素人には、わからない。

戦後の不自由

仮定法過去という文法用語がある。実際は、そうではなかったが、もしこうだったら、ということで、史実に反して仮定の話をするのは、たしかに面白い話題になるが、言っても詮《せん》ないことではある。関ケ原の合戦で、もし西軍が勝っていたらとか、信長が本能寺で最期をとげなかったら、もし坂本龍馬が暗殺されなかったら、という類《たぐ》いの話である。

ところが、そんな昔の話でなくて、つい最近のことでも、残念だったなぁと思うことが、人それぞれにあるものである。

昭和天皇の崩御。天子でも寿命なら仕方がないが、せめてあと三年、生きていてくれたら、世の中が、日本が、かなり変っていたであろう。

つまり崩御は一九八九年一月。その年の十一月、ベルリンの壁は崩壊した。そして、その二年後の一九九一年十二月、ソ連は消滅した。

つまり昭和天皇は、ベルリンの壁の崩壊も、ソ連の瓦解も、全くご存知なかったのである。崩御が三年後だったら、あんなブザマな大喪《たいそう》の礼《れい》（葬式）は行われなかったであろう。鳥居を立てたりひっこめたり、宗教色をなくせとか、あんなものは皇室の私的行事だとか、左翼勢力が言いたいほうだいのことを言ってのけた。弱体政府は、おっかなびっくり、それに乗るよりほかはなかった。その上、崩御を目前にして、天皇の戦争責任論までムシ返されてマスコミをにぎわせた。西部邁著「マスコミ亡国論」では「大喪《たいそう》の礼が国辱もののみすぼらしさ」になったとある。ところが、その本にしてからが、ソ連崩壊前のもので、今、書き直したら内容もかなり違うであろう。たとえば論説中に「社会党政権の誕生を望んでいます」などと反西部派が発言しているが、今《いま》現在、そんな党すら存在していない。

日本の俚諺に「死んだ子の年を数える」と言うのがあって、今さら、どうにもならないが、にも拘らず、どうしても記しておきたいことがある。

それは、あの大喪《たいそう》の日に、ほとんどすべてのテレビ局が放映したあの場面である。北海道の、ごく一《ひ》と握《にぎ》りの人たちが「今日はタイソウの日だと言うから、みんなで体操しよう」と、バカどもの体操をしている状況を、くり返しくり返し報道したのである。

ソ連崩壊前であろうと、そのとき日本共産党が政権をとっていようと、これは、やってはならないことである。その日、体操をするような気の狂った連中がいるのは仕方がないが、これを、マスコミが採《と》り上げてはいけないのである。どのテレビ局のスタッフにも、どうしてバカが揃《そろ》っているのであろう。

たとえば、ドラマで、結婚披露宴とか誕生祝いの席に、黒いリボンの不吉な贈りものが届けられるシーンがある。だが、この逆《ぎゃく》は、日本にはない。つまり人が死んだ時に、これを喜んだり茶化《ちゃか》したりする言動は、ドラマでも現実でも通用しないのである。仇敵が死んだ時「ざまァみろ」と心の中で思っても、それを言動にあらわすことは、はしたないと思うのが、ふつうの人間というものである。

この国が戦争中、相手が敵であっても、日本人は死者に鞭打《むちう》つことはしなかった。次は、日中戦争時代の「討匪行」という軍歌の一節である。

敵にはあれど亡骸《なきがら》に
花を手向《たむ》けて　ねんごろに
興安嶺《こうあんれい》よ　いざさらば

国民の象徴である天皇の葬儀、いや天皇でなくても、にっくき宿敵であっても、その葬儀の日に、日本人は、ふざけたり、あざけったりはしない民族である。ソ連崩壊前、日本には、言論の自由がなかった。醇風美俗すら否定されていた。

崩御の直前になって、天皇の戦争責任論が、マスコミに浮上した。天子様でなくても、人が臨終を迎えようとしている時、その人の、あることないこと、悪口雑言を、メディアを使って、わめき散らすことは、やはり日本人のやることではない。もちろんこれも左翼勢力が、効果をねらうため、意図してやったことだが、天子様の臨終崩御、そしてその葬儀に対して、一般国民はなにも言えなかったのである。言えばいじめられるから黙っていた。恐らくは、日本国民の過半数以上が、これらをにが〳〵しく思っていたであろうし、反対論を展開した人もあったであろう。だが、サイレント・マジョリティなどという品のいい言葉でかたづけられてしまって、結果に於いては、すべてが左翼勢力の主張通りに行われてしまった。つまりは、大多数の国民の言論は封じられたのである。せめてあと二年、あのレーニン像が、首に縄をかけられて、つぎ〳〵に、その国民の手によって、ひきずりおろされてから「大喪の礼」が行われたら、日本国民も、いくらかでも救われていたであろう。

だが実は、社会主義の象徴であり大黒柱でもあったあのソ連が、あれほどに脆《もろ》くも惨《みじ》めに消失した後でも、日本の自由は、戦前ほどには戻っていないのである。

その、一つの例を挙げてみる。問題になった「新しい歴史教科書」の三一七ページに「……ソ連が消滅したことで、資本主義と共産主義の対決は清算された。しかし共産主義の残滓《ざんし》……」とある。残滓とは残りっかすという意味である。カスと言われては左翼勢力も面白くないであろう。だが、残りっカスでも、ものすごい力がある。あらゆる手を使って、この本の不買運動をおこした。そして成功した。勝敗は歴然たるものであった。と考えると、この国のどこに言論の自由があるのか、どこに出版の自由があるのか。これがわからない不思議な国である。教科書の是非の話ではない。いかに言論が不自由かの例を挙げたまでである。

ちなみに、この教科書は市販本として、一般の書店にも顔を見せた。

ある書店で、中年の、夫婦らしいのが、この本に目をつけた。

「あ、おい、軍国主義の本がある」

「あ、ほんとだ。戦争を美化してるって本ね」

二人は、嫌悪《けんお》と侮蔑《ぶべつ》の表情を見せた。もちろん買うわけもなく、手にとってもみない。この本は別に軍国主義でも戦争美化でもないので、

「あ、ちょっと、失礼ですが、あなた方、この本をお読みになりました？」

「いや、見なくたってわかりますよ」

「そうよ。この表紙、いつもテレビで見てましたもの」

ただ表紙を見ただけで、この人たちは内容がみんなわかってしまう。これはすごい眼力《がんりき》である。一般庶民に、このようなガンリキがあることを、あの「教科書を作る会」のスタッフは知らなかったらしい。それが敗戦の理由である。

能力格差は、
どうにもならぬ

美人コンクール

ミスコンテストというものがある。美人コンクールのことだが、この種の催《もよお》しは、娯楽で、お遊びで、客寄せだから、目くじら立てることはない。古今東西、どこでもやっている。

ところが、このミス・コンに対して、公開状の形で、堂々反対提言をした人がいる。もちろん女に決まっているが、女性蔑視だの差別だのとわめきたてた。ブス・コンクールもやれ、とまでは言わなかったが、反対発言まことに結構、それこそ言論の自由である。だが、その反対の理由が、なんともお粗末過ぎて面白いのである。

「そもそも、美貌とか容姿端麗などとは、人間の、もって生まれたものだ。先天性のもので、後天的に、いかんともなし難いものに優劣をつけること自体、無意味で愚劣だ」と言うのである。

この女、どうかしていると思うが、この女に限らず、世の女性（とも限らぬが）は、なんでこの理屈の誤《あやま》りがわからないのだろう。

スポーツであろうが、芸術文化であろうが学問であろうが、すべての分野での競争競技、コンテスト、コンクールの類《たぐ》いでは、必ず、もって生まれたもので優劣がつくのである。

プロの野球選手は、それが商売で毎日猛練習をやっていても、ホームランバッターや名投手になれる訳《わけ》ではない。オリンピックのメダリストも、すべて、もって生まれたもの。彼等の数十倍練習したところで、素質がなければ無理。音楽もその通り、三歳のときからピアノやバイオリンを習わせても、才能がなければ、世界的コンクールに出場すらも出来ない。子供のときから絵筆を握らせても、北斎、広重、ピカソになれるはずもない。

努力や精進によって何かを成し遂《と》げ、或いは一芸に秀《ひい》でたように錯覚されがちだが、才能、つまり、もって生まれた素質がなければどうにもならないのである。作家の芥川は「三分は人事、七分は天命なり」と書いているが、実際には、努力は二で、才能が八の割合であろうと言われている。

ある地方の教師研修会で、このことが話題になったとき、一人の女教師がイキリ立った。

「冗談じゃないわ。才能素質で、ほとんどが決定するなんてことになったら、子供への指導方針なんて滅茶苦茶になっちゃう。人間すべて努力次第よって言うのが教育じゃないの」

ごもっともな反撥《はんぱつ》だが、一つは、本音《ね》と建て前の話。もう一つは、努力によって、あるレベルまでは行くという話。ミス・コンの例で言えば、村の農協主催の、ミス・リンゴ、ミス・えだ豆、ミス大根とか、町の商店街のミス大売出し程度と、ミス日本、ミスワールドとは全く違う。ひと口に政治家と言っても、村会議員と総理大臣とは一緒にならない。

ノーベル賞も文化勲章も、もって生まれた才能が、世に光輝ある存在となって顕彰されるのである。その理屈が気にいらぬ、納得できないと言うなら挑戦してみるとよい。もって生まれた才能は、もって生まれてこなかった人間には、どうすることも出来ないのである。何万人の文学青年のうちから一人の作家が生まれ、何万人の絵筆を持った人間から一人の画伯が生まれるのである。

男女差別はないのだ

男女の差別をなくすことをライフワークとしている国会議員が、過去にもあったし、今もいるらしい。もちろん女性で、当然ながらブスであろう。本気で、男女に差別があると考えているのだろうか。

男女間に差別などない。相違があるだけである。全く別の生き物と考えたほうがわかりやすいほどの相違がある。

男は、女ほど長くは生きられないし、女は男ほど力《ちから》仕事をしなくてよいし、女は化粧や衣服で、別の人間に変身できる楽しみもあるし、妊娠や哺乳の特権もある。

女性運動家の長期にわたる啓蒙によって、現在は昔ほどの悪虐な差別はなくなったと言うが、それはただ表面的なことで、彼女ら運動家たちが、そう思っているだけのようだ。


歴史を学ぶとは、今の時代の基準からみて、過去の不正や不公平を裁《さば》いたり、告発したりすることと同じではない。過去のそれぞれの時代には、それぞれの時代に特有の善意があり、特有の幸福があった。(西尾幹二)

昔の女は男尊女卑で、女は虐《しいた》げられたり、不況で身売りされたり、女中奉公や、野麦峠みたいな話があったりで、女は人間扱《あつか》いされないような話ばかり伝えられてきたが、大店《おおだな》の使用人や行商、露商、水呑み百姓や作男《さくおとこ》の惨《みじ》めさは、女以上に残酷である。だが、しかし「それぞれの時代に特有の善悪があり、特有の幸福があった」のである。

今に伝わる、甲州の作男《さくおとこ》の話。この男は、主人から貰うほんの申しわけ程度のわずかな手当と、たまに貰う一銭二銭の駄賃《だちん》を、三年間貯めておく。そして三年に一度、三日間の暇《ひま》をもらって、峠をいくつか越えて三島へ行く。三島の遊女と一夜を過ごし、また戻って三年間働く。この下男と、大奥三千の美女にかこまれた上様と、どっちが幸《しあわ》せかは、誰にも断定できない。そんな下男には、なりたくない、というのは、また別の話である。

女尊男卑

実は、男女間の差別はあるのだ。楊貴妃という女は、玄宗皇帝の寵愛をほしいままにし、安禄山の乱まで惹《ひ》き起こし、この女一人のために宦官《かんがん》（去勢された男）も多く出た。とても男には、こんな力はない。クレオパトラもその通りで、カエサルもアントニウスも、だらしがないほどに参っている。「クレオパトラの鼻」という言葉があるほどに、一人の女が歴史を変える。日本にも傾城《けいせい》という言葉がある。出典は漢書だが、完全に日本文化に融合して、意味も飛躍した。天照大神でも卑弥呼《ひみこ》でも、とに角、女の力はすごい。女王蜂一匹で、数千の働き蜂が飛び回るのだ。男は女の奴隷《どれい》。かっこよく言うと、ナイトである。こんな差別があるだろうか。

女の世界だけの差別

それなら、なぜ女性運動家が差別〳〵とわめきたてるか、というと、男女の差別でなくて実は女性間だけの差別である。つまりは美女とブスの差である。

全くどうにもならないブスは、女性運動家にはなれないし、なってはいけないのだ。自分みずからがどうにもならない差別を背負《しょ》っているのだから、何回も整形するか、とても整形くらいでは手《て》に負《お》えないなら、立候補してはいけないのだ。

美女は、運動家だとか議員さんにならなくても、いくらでも、どんな方面でも、堂々と生きて行ける。格段の美女は、向こうからお呼びがかかって、議員にも大臣にもなれる。絶世の美女は、政治家なんかより、もっとすばらしい、すてきな生き方が無限に拡がっている。

アナウンサーやキャスターは、司会や放送技術が卓越していればいい筈《はず》だが、女の場合は、美女でなければ採用されない。料理・服飾その他、どんなに専門技術が優秀でも、見てくれが悪ければ、画面《テレビ》に登場する機会は与えられない。

たまに、タレントに大女《おおおんな》や、歯が三十二本そっくり見えるような口裂《さ》け女が登場するが、その弱点を逆に生かしているわけで、美女指向の裏返しか、美女引き立て役になっている。

いかに演技が秀抜《ばつ》であっても、いかに芸が天才的であっても、美女でないと、大女優にはなれない。映画評論家水野晴郎は、ピシリと言ってのけた。「有名女優でも、笑った時に歯ぐきの見える女優は、決して大女優にはなれない」こんなドキッとした適確な表現は、水野でなければ言えない。ふつうの人には、ここまで残忍なセリフは言えないものである。

美しい、ということが、女にとって、どれほどの意義や価値を生じているか。こんな差別があろうか。他の項でも採《と》り上げたが、人間には、どうにもならない能力差がある。そしてその上に、女の場合は美醜差がある。もちろん男にも美醜差が運不運を決定づけることはあるが、能力差ほどではない。

「白痴美《はくちび》」という言葉は広辞苑にも載っているが、女をあらわす言葉であると明記してある。つまり、女はバカでも美人であれば通用するが、男は通用しない、という意味である。

差別を云々する女性運動家も、左翼党首も、顔へ、うどん粉《こ》や食紅《べに》をつけている。それ自体が、自分に課している差別ではないのか。つまりは差別ではなく相違なのである。

「雨夜の品定め」と言うのは、女の品評会のことだが、古典を引き出すまでもなく、男同士、女同士、茶飲み話と言えば、異性の品評会に花が咲く。ただ、本人に面と向かって言わないことで、世の中が成り立っているのである。

今、ここで、面と向って言っているではないか、と、ここまで読んだ人は言うかもしれないが、実際のところ、ほとんどの女性というものは、そんなに自分をブスだと思っていないのである。美人とは言えないまでも心の中では、まんざら捨てたものでもないわ、と思っているのである。

ベコ鏡《かがみ》と呼ばれる、うすっぺらな鏡がある。安物の洋服だんすなどについていて、少し離れた柱や障子が曲がって映《うつ》る。その鏡に向って顔を上下左右にズラせると、一ヶ所、美人にうつるところが発見できる。それで、その女は安堵《あんど》するのである。

「もっとキレイに生まれてくればよかった。一生のうちには、どれくらい損をしているか、ほんとに神様は不公平だわ」なんて文句を言っている女が多いが、口に出せるということは、自分が致命的なブスと思っていない証拠である。

清少納言は、極《きわ》めつけの才女だから、天は二物を与えずで、ブスではなかったか、という説があったが、中宮定子が清女と容貌についてふれる場面がある。定子ほどの品格高潔な女性が、堂々と顔の話をするということは、その相手の女性がブスのはずはない、という結論になっている。もっとも宮廷に使える女性なら、お化屋敷を連想させるような女であるはずもない。

静止画像

もって生まれた才能というものは、時に、超能力としか言いようのないものがある。

山下清画伯の作品は、実物を前にして写生したものは少ない。あとで机の上で、記憶をたどって制作するのである。夜空に打ち揚《あ》がる花火を見ながら、はり絵が出来るわけはない。華やかに開いて瞬時に消える煙火《はなび》の、その最も華麗な一瞬が頭にこびりついてしまうのである。ある風景画の中に、時計があって、二時をさしている。あとで調べてみると、山下画伯が、その風景画の場所へ行った時と、時間が一致しているという。つまり、画伯の、頭の中の静止画像を、あとで作品にするのである。

これと全く同じ話が、将棋名人升田幸三にある。上前淳一郎氏がエッセイで紹介したものだが、昭和三十年代、銀座東急ホテルに、ある大イベントがあった。招待客は、当時の佐藤首相、作家の井上靖など、各界の名士千人。その中に升田名人もいた。

その催しの余興に、カモメの数《かず》あてクイズが行われた。青い海と空を乱舞するカモメが、大型画面に三十秒間、映《うつ》し出される。その動くカモメの大群を招待客が数えはじめる。数え終るか終らないかのうちに画面は消えた。

司会者が、「いかがでしょう。自信のおありの方はどうぞ」と言った。てんでに思い思いの数を言って、もう解答も出つくしたころ、しっかりした口調で升田名人が答えた。

「八十六羽じゃ」

「正解！　ピタリです」

表彰の壇上で、正解のえときをたずねられて、升田名人は説明した。

「画面を頭の中に記憶させるだけ。あとからカモメの数を一羽ずつ数えて行けば、いやでも正確な数字が出ます」

山下画伯と同じで、頭の中に、静止画面が記憶される。一度見た画面を頭の中に焼き付ける能力があるのである。先の先まで読める天才棋士などは、そういう才能を持っているらしいと言う。

天才の一例

もって生まれた才能の話なんて、無尽蔵《むじんぞう》である。あとで考えれば、今の時代だったら、なんのことはない、というようなことも、最初にやった人は、とんでもない才能の持ち主だ。

ベートーヴェンの交響曲「運命」の冒頭部分が今はお笑い番組に使われたり、喜劇のクライマックスに、笑いをとるために使用される。ベートーヴェンにとっては、思いもよらぬことだろうが、それほどあの曲が人口に膾炙《かいしゃ》しているということであろう。

しかし、あの十九世紀初頭に、ダダダ・ダーンと、突如三連音符で始まる曲など、よほどの才能でないと思いつかないものだ。

第九番「合唱」の第二楽章で、演奏が始まった途端、聴衆が興奮して騒ぎ出し、演奏のやり直しをした話が伝えられている。これは解《わか》る。決して大げさな話ではない。第二楽章の演奏開始直後、「ポンポロン」と、ティンパニーが鳴るのである。聴衆は意表をつかれて、びっくりし、そして感動したのである。ジャズもないし、シンコペーションも言わない時代に、あれは、すごい。

そうかと思うと、第六番「田園」の第一楽章に、タッタカタッタという同じリズムを三十六回も繰り返している。

こういう、人の考えつかないことをスパッとやってのけるのが天才である。もって生まれたもので、どうにもならないのである。

一票の格差

選挙のたびに、一票の格差が問題になる。あのエタイのしれない市民団体という連中が、この問題を持ち出して裁判までやっている。そして、政治家も評論家も、決してほんとうのことを言わない。

いや、十数年前に発刊された「マスコミ亡国論」(西部邁著)では、狂気の言論システムを論じ、民主主義や選挙制度を徹底批判しているが、実は、日本の八割以上の大衆は、この種の本の読解力がない。売れた本だが、その内容を解した一割にも満たない日本人は、啓蒙されたのではなく、賛同したのであった。

かつて英国の首脳が「民主主義は悪い。だが、これより良い制度が見つからないから、今のところ仕方がない」と言っていたが、たしかに民主主義は衆愚政治になって、愚かなことのくり返し。はがゆいことばかりだ。百人のバカの考えより、一人の有識者の意見のほうが、いいに決まっている。だが、有能適切な指導者が必ず出てくるという保証はない。ヒットラーや東條でも困る。仕方がないから、泣く泣く衆愚政治で我慢しなければならない。

一票の格差、とはどういうことなのか。昔は、国税を一定金額以上納入していないと、選挙権がなかった。これは当然である。その金額が減《へ》って行って、今では、国税を一銭も納めない人間でも選挙権がある。これは、ほんとはオカシナ話だ。A町の予算の内容が気にくわないからといって、B村の人間が文句を言うことはない。「町民税を出してもいない人間が、なにを言うか」である。会費も出さないで、その会の運営に口を出すことなんか出来ないはずだ。オギャアと生まれたのが日本の国だ、というだけで、国から、いろ〱権利が与えられたり、国が救済しなければならぬ、というのは、ずい分と妙な話だ。義務も負わないで、死ぬまで、なに一《ひと》つ、国や社会のためにもならず、むしろ世の中のマイナスになる人間にも、同じ権利が与えられるとは、どういう理屈であろう。

これは不合理だ、と言えば、必ず文句を言うヤツが出てくる。差別だ！障害者を見捨てる気か！弱い者いじめだ！――これをゴネルと言う。そんな話をしているのではない。弱者障害者の話ではない。老人問題でもない。ほとんどの老人は、体《からだ》が動かなくなるまで働いて、世のため人のためになってきたのだ。

かつて労働組合の運動が盛《さか》んなころ、幹部が壇上に立って、わめく。「われわれのゥ、血《けつ》税《ぜい》をォ……」

そのころの労働者農民など、ほとんど国税など納めていなかった。彼らが納めていたのは、固定資産税、自動車税、市町村の地方税などで、それを国税とカン違いしていた。その当時、農家で所得税を納めているのは、一集落に、せいぜい一戸か二戸で、それも雀の涙であった。

億単位の国税を出している大企業の社長や、長者番付に載る著名人芸能人等も一票で、世間から鼻つまみの暴力団のチンピラも一票なのだ。これこそが不合理。これを一票の格差というのだ。

少し具体的な話。例の教科書をつくる会の人たちは、西尾博士はじめ、田久保、西部、大石、芳賀、田中等々、超一流の名だたる識者で、文化的にはトップクラスのシンクタンクである。

物好きな話だが、西尾博士は昭和十年生まれだと言うから、試みに、ある文化団体を通じて、その年代の人たち百人に面接してみた。田舎町ではあるが、バカや無教養な人たちを選んだわけではない。ところが、百人の中に、右に挙げた人たちの名前を誰一人、知らなかった。範囲を拡げて二百人にすれば、一人か二人、名前を知っているか著書を読んだ人が発見できるかもしれない。カン違いするが、都会に知識人が多いのではない。人口が多いからで、パーセントは同じであろう。そしてその百人の人達の、テレビタレントやタレント的評論家の動向に詳しいと言ったらない。離婚結婚愛人まで熟知している。だから自分を、無教養だとは決して思っていない。

西尾幹《かんじ》・西部邁《すすむ》も一票で、その名も知らぬ百人の人たちも一票ずつなのだ。これを一票の格差という。

人間にとって、貧富の差どころか、それぞれの能力の差ほど不平等不公平なものはない。ただ能力と言っただけでは、特異の才能という例外を持ち出されるから、脳ミソの質と量という、ごく単純な話にして、上は伝説的聖徳太子から、下は、チンパンジーのほうがマシだという人間。これが同じ一票で計算されるのが民主主義である。

リコウ者の一票より、バカの一票のほうが尊いし、意義がある、とヘリクツを言う人間が、必ず出てくる。これをマゼッカエシと言う。知的障害者をどう考えるのか、などと、全く関係のない話へ持っていく連中もいるから、こういう話は公《おおや》けの場所へは出てこないのである。

女性票の行方

スイスが、婦人参政権を認めたのは、そんな古い話ではない。よくもまあ、女《おんな》どものうるさいのを、それまでハネッ返してきたものだと思うが、スイスが、それを認めるまでに至った経緯《いきさつ》は知らない。

日本の場合は、占領政策のお蔭で、早々に婦人参政権が認められた。つまりは、衆愚が二倍に増えただけのことである。

「女性を侮辱している」と文句を言う女に、逆に質問してみた。「もし、女に選挙権がなかったら、タレント候補のほとんどは落選しているはずだ。そうは思わないか?」女は、しぶしぶ、うなずいた。女に選挙権がなかったら、オカシナ国会議員や知事など、出てくるわけがない。

選挙費用ゼロの話

あるタレント候補は、「自分は選挙費用0円《ゼロ》。選挙期間中、海外旅行していた。にも拘らず当選した。選挙に金をかけるとは、何ごとぞ」と豪語した。

そもそも一般の候補者が、何故選挙に金がかかるかと言うと、名を売るためである。人格よりも知名度が当落を左右する。タレント候補は、名を売るための金が不要なのだ。

試みに、そのタレント候補の場合、某テレビ局の重役に調べさせた。出演しているいくつかの番組のスポンサー料は、合計約十億円であった。つまり売名料は他人が払っているのである。

なにが選挙費用0円《ゼロ》か、と、あまりにひどい話に憤慨したら、「あんた、あの人間を、まともな政治家と思うから腹が立つのだ。ただの二流芸能人に過ぎないのだよ」と、テレビ局の要人にたしなめられた。

女の格差

一と口に女性と言っても、つまり女性の有名人と言っても、上は桜井良子から、下は土井たか子まである。桜井も土井も、そのまた仔分も、同じ一票の権利だとしたら、格差がひどすぎる。と言って、桜井百票、土井一票、という配分《わりふり》を誰が決めるか、というとこれは問題で、結局なにも決まらなくなってしまう。

つまりは、一票の格差などということを、あまり正論みたいに、えらそうに言わないことだ。選挙制度がある限り、どんな方法を講じても格差は出てくる。

最高裁が、三倍以内なら認める、と決めたら、「なんだ、一票の価値は三分の一か」と、また文句を言う。日本の人口の十分の一以上が東京周辺にいる。国会議員を五百人とすると、五十人が東京で、あとは大都市。広大な農山漁村には、割り当てがなくなる。

ところが実際には、地方の連中が、道路を作れ、橋を作れと言う。「中央の連中には、地方のことなど全くわかっていない」などとわめくが、公共事業の金は誰が出しているか、と言うと、あれは都会の人が出しているので、地方の税金など、雀の涙にもならない。地方は、別のところで敵《かたき》をとっているのかもしれない。

ハンガーストライキ

選挙に関連して思い出したが、ある芸能人がハンガーストライキをやったことがあった。

しかし、このハンストくらい、日本人にとってわからないものはない。闘争手段として絶食するのである。気に入らない役所や会社の廊下などへ坐りこんで断食をする。「ハンストを続行したら死ぬかもしれない。助けないと人道上の問題で、世間からも非難される。要求を容《い》れよう」ということになるのだろうか。自分の意志で飯《めし》を食わないのに、人道上もへちまもあるものか。なんのことはない、ハンストをする人間は甘えん坊《ぼう》に過ぎない。

自分が死んだら同情したり困ったりする人がいる、という前提がある。つまりうぬぼれである。常人なら、背《せ》すじの寒くなるような行動である。世の中の鼻つまみ者で、みんなから嫌われている人間が、ハンストをやってくれたら大歓迎である。殺してやりたいほど憎い相手を、殺すわけにもいかない。ところがハンストをやって死んでくれたら萬々歳である。

人道上、などと言うなら、ハンストをやっている人のまわりへ、おいしいご馳走をいっぱい並べて、うまそうな匂いをプン〳〵させて、飲みものも用意して、「さあ、人道上、見殺しには出来ませんので、どうぞ御随意に召し上がって……」という方法はどうであろう。

感性とは何か

人間の「脳」は、人体の中では暗黒大陸と呼ばれていて、科学的医学的にかなり解明されているようでも、せいぜい一パーセントくらいだと言う。つまり、脳のことは、ほとんどわかっていないのだ。

大脳小脳とか右脳左脳、前頭葉、脳下垂体などの名称や、その働きの概略は、素人でも知っているが、肝腎なことが実は全くわからない。能力に格差のあることは判《わか》るが、その相違が、あまりにも多様であり過ぎる。

「どんな人間にも必ず特殊な能力がある。眠っている可能性を引き出してやらねばならない」などと教育者は言う。そしてその例に出されるのが、決まって山下清画伯である。

小学校の児童、特に特殊児童に、どこか、いいところを見つけて伸ばしてやりたいという気持ちはわかるが、バカでもこういう点は長《た》けているなんて場合は、実は例外でしかない。

大器晩成ということもあるし、学校時代の成績など全くアテにならず、社会に出てから特異な才能ぶりを発揮して活躍している人も多い。しかし、やはりこれも、持って生まれたものので、こうしたケースも例外である。

好きこそものの上手なれ、という俚諺もアテにはならない。下手《へた》の横好きという場合のほうが多い。

感性とか、感受性の豊かさ、その強弱は、やはり持って生まれたもので、訓練とか経験で、いくらか豊かにはなるが、その道の第一人者にはなれないことは別項で述べた通りである。

芸術でもなんでも、同じ分野で感性の豊かさを持っているもの同士しか理解し合えないことが多い。

ある権威ある書道展があった。入口に受付があって、来場者が署名するようになっている。ある人物が、その来場者名簿へ、すらすらと署名した。別に珍しくもない光景である。ところが数分後、会場がひそかにざわめきはじめた。その名前を書いた人が会場にいるはずだ。といって、大声で呼び出す雰囲気にはない。その署名者は、やんごとなき方でも著名政治家でもない。では、なぜ問題になったか、というと、その署名の字である。書道展だから、主催者側にも鑑賞者側にもプロが多い。そのプロの書家が、名前の字を見て、ゾクッとしたのだ。これだけの字が書ける人は、主催者、作品展示者の中にはいない、ということがわかったからだ。

結局は、その署名者が、まだ会場内にいて、その後日談も面白いが、問題は、ただ名簿に書かれた小さな数文字を見ただけで舌をまいたプロの感性がすごいということである。やはり一流書展だけのことはある。われわれ、書の素人《しろうと》には、こんな感性は絶対にない。

書家を名乗る市井の書道教室の先生など、全く書の感性のない人が多いらしい。

右脳と左脳の役割分担なども言われているが、理数系に弱い人の気持ちは、それが得意な人には想像もつかないもので、しらばっくれているか大《おお》げさすぎると思われてしまう。もちろんこの逆のケースも同じ理屈になる。

ある一定の数から七を引き、そして七を引き、また七を引くという暗算をさせて「ああ、この人はまだボケていない」と判定する方法があるが、これはトンデモない間違った方法で、ボケていなくても、優秀な頭脳の持ち主でも、この計算の出来ない人がいっぱいいる。もちろん時間をかければ出来るが、数に弱い人は、イライラして気分が悪くなるものである。ある有名な画伯は「あの計算は、頭が痛くなると言うが、ボクは胃が痛くなるんだ」と洩らしていた。

ある理数系の頭脳の持ち主は、「数学くらい簡単なものはない。もう理屈通りのものだ。才能も感情も不要。AイコールBで、BイコールCなら、AイコールCというだけのこと。なんの感性の入りこむスキはない」と言う。冗談ではない、数学の苦手《にがて》の人間が、たかが算数程度でも、どれだけ苦しんでいるか、彼らは察してくれないのである。

もちろん文科系の頭脳の持ち主と、そうでない人との相互理解は、同じく不可能である。

しかも文理二種類だけに判然としているわけではない。複雑にいり組《く》んでいて、それこそ多様そのものである。

一つの例に過ぎないが、語学、というより外国語会話を修得する課程で、同等の脳の力のあるAとBの二人が、全く同じ条件で勉強しても、Aはペラペラになるのに、Bはどうにもマスターできないということがおこる。外語会話能力というのは別才で、特異な感性であるらしい。語学に自信を喪失している人は安心してよいのだ。

努力もしないで、別才だの、感性がないのだからと言い訳《わけ》するのは怠惰《たいだ》で卑怯《ひきょう》だが、一定の年齢に達したら、努力しても努力甲斐《がい》のないことがあるということを、それぞれに自覚したほうが、方向をあやまらないかもしれないのである。

この感性というものは、芸能・芸術・スポーツなどの場合は、一般にも理解されやすいが、たとえば宗教的感性となると、まことに理解されにくいものである。ここでそれにふれると、膨大な紙数になるので、一つの例だけにとどめたい。

詩人でも作家でもある宮沢賢治は、そんな芸術面だけでなく、宗教的感性のするどい人であった。

聖徳太子が信奉して以来、一番人気の経典、法華経を一読して、躰《からだ》が震えるほど感動し、命に代えても、とまで心酔する。

ところが、他の御経も同じようなものだが、この法華経ときたら、教えらしいものは約七万字の中のわずか数行。あとは、この御経は有難い、信ずるものは救われる。これこそが最高絶対だと、いろんな例を挙げて説明している。つまり薬《くすり》で言えば、効能書きがギッシリ書いてあって、どれが薬なのかわからない。わずか数行、このあたりが教えなのかなと思う程度である。

ところが、賢治のような宗教的感性の強い人には、これがピシッとわかるのである。効能書きどころか、この経典自身が良薬、これこそが不磨《ふま》の大典と理解できるのである。感性のない人には先《ま》ずムリ。

感性というのは、口で説明することが出来ないから厄介である。

先に、書家の先生で、書の感性のある人は少ないと記したが、宗教家に、宗教的感性のある人は意外と少ないのである。

子供に人権などは要《い》らない

平等教育

小学校の校庭で運動会をやっている。駈けっこ《ランニング》で、ゴールのテープの前で、先に着いた人は足ぶみをしている。みんな揃ったところで一緒にテープを切る。

そんなバカな、ふざけた競走があるものか。日教組へあてつけた保守反動分子の作り話であろうと戦前派の誰もが思った。だが、これはあった。事実であった。これと似たような教育の例が、いっぱい出てきた。生徒に優劣をつけない、差別をなくすためだと言う。

優等生とか皆勤賞という言葉は、はるかかなたの過去のものとなった。勉強して成績をあげた子を讃《たた》えたり、学校を休まずに来た子をほめると差別になる、という考えはどこから来たのであろうか。「諸悪の根源は日教組

だ」という流行語も、言い古されて、それほどのインパクトも新鮮みもないし効果もなくなっている。

授業参観

小学校から塾通《がよ》いとはもっての外《ほか》。学校教育をこそ充実すべきであるし、信頼すべきだ。と、ガンとして正論を主張していた男がいた。

その男が保護者参観日に、父親としてはじめて授業を見た。そして声を失った。うしろに、父母がぎっしり立っているその教室で、子供が教室を出たり入ったり、お互いに話をしたり走りまわったりで全く授業にならない。先生がその勝手な振舞いの児童を注意するわけでもなく、注意しても子供が受け入れる状況ではない。先生に全く指導能力がないのである。あゝこれが学級崩壊ということかと、その男は、背すじの寒くなるような恐怖を感じたという。

ところが、恐怖はそれだけではなかった。後ろにいる保護者たちが、この教室の状況を見て、それほど奇異とも思わず、保護者同志もペチャクチャ勝手な話題に花を咲かせていたのである。子供が子供なら親も親。と言うより、この親にしてこの子ありと言うことか。と、塾不要の正論を絶対に曲げなかったその男が、一転して学校不信となり、わが子を公立学校へ通わせたバカ親ぶりを自覚したという。

人権無用

「児童憲章」というものがある。法律的拘束力は全くないからかまわないが、何故こんなものを作ったのか、有難がる理由など、さらにないものである。人間性の尊重、基本的人権は憲法に明記されている。子供だって人間である。わざ〲子供の人権を謳《うた》い上げることはない。児童福祉法という、子供を保証する立派な、これは法律がある。子供に関する児童憲章的思考が子供をダメにしている。子供に人権など認めなくていいのだ。

子供の神話

子供の人権を認めるな、ということは、子供に関する神話を否定せよ、ということである。一つ、子供は純真である。一つ、子供は無邪気である。一つ、子供は正直である。一つ、子供は天使である。一つ、子供はかわいい。一つ、子供の瞳は汚《けが》れを知らぬ、等々。いっぱしの教育者を気取る連中のセリフは決まっている。「子供の、あの澄《す》んだ眼を見なさい。あの汚《けが》れのない瞳《ひとみ》の前には、いかなる悪もひれ伏すであろう。いかなる世俗の闇をも明るく照らすことであろう」……冗談ではない、子供の眼が青く澄《す》んでいるのは、毛細血管が収縮しているからで、長ずるに及んで、いくらか色が変ってくるのは、医学的生理的現象で、俗世間に染《そ》まって汚《きた》なくなるのではない。釈迦だってキリストだって、大人になってからも子供のような眼をしていたわけではないであろう。

子供のほっぺたは、つきたての餅のようで、穢《けが》れを知らぬもののようだ、などと言う。だったら年をとってシミ・ソバカスが出たり、しわくちゃ婆さんになれば人間は汚濁のかたまりになるのか。

眼がきれいなのは心がきれいな証拠だなどとウソを言ってはいけない。「あの眼は、悪事をする人の眼ではない」などとは、ドラマの中の台詞《せりふ》で、実際には明眸《めいぼう》で悪虐三昧《ざんまい》。くしゃくのヤニ目や三白眼で善人は、いくらでもいる。

眼が口ほどにものを言う、というのは本当だが、眼が澄んでいれば心も澄んでいるというのはウソっぱちである。美人が心やさしくて、ブスが意地悪のはずもない。その反対、でもなくて全く無関係なのだ。

子供、とも限らないが、「純真」ということは「単純」ということで、ものを知らない、事理をわきまえない単細胞だ、というだけのことである。無教養で融通《ゆうずう》のきかない田舎の人を「純朴」だと言うのと同じである。大人に向かって「あなたは純真だ」と言ったら、バカでお人《ひと》よしと言う意味だし、純朴と評する場合も、多分に軽蔑的心情が含まれているものだ。「無邪気」もその通り。邪気がないのではなく、正邪の判断がつかないということである。大人を無邪気と評したら、バカと全く同意である。

純真も無邪気も、子供か小動物に対する専門用語である。つまりは無知蒙昧だというだけのこと。

防衛本能

子供くらいウソツキの動物はいないのだが、「子供は正直だ」というのは定説のように使われている。

女が、鏡の前で、懸命にお化粧をしている。子供が女のそばへ寄ってくる。

「おネエちゃん、なにしてるの？」

「お化粧しているのよ」

「なぜ、おケショウってするの」

「きれいになるためよ」

「だったら、なぜキレイにならないの？」

これが子供の正直ということである。それが純真であり無邪気である。子供は痛いときはイタイと言い、きれいなものはキレイ、いやなものはイヤと言う。そ

れを正直と言うなら、その通りである。

ところが、その単純きわまる幼児期を脱してからの子供というものは、もう、ウソのかたまりである。

朝から晩まで、親にも兄弟にも友達に対しても、ウソで身を固めている。悪の意識はない、むしろ自己防衛であり、本能的とまで言える。子供のウソは顔色や態度でバレる、というのはアテにならない。自己防衛で、うしろめたさがない場合は、毅然とした態度で、相手の眼をしっかり見すえて、平然とウソをつく。もちろん子供でも、悪事露顕《ろけん》を必死に守りぬこうとしているときは、顔にもあらわれるが、善意の意識より防衛本能のほうが強い時期には、大人には子供のウソを見ぬくことは出来ない。

子供はウソをつかないと信じている人がいたら、その人は、自分の子供の頃のことをふり返って考えてみるとよい。

仏教では「方便」と言って、善意のウソは認めている。儒教でもその通り。父の盗みを、その子が告《つ》げれば不倫。ウソを言って事実を隠《かく》せば、「直《なお》きことその中にあり」と、孔子さまにもほめられる。

今、善意のウソは認められると言ったが、善意でないウソなど世の中には存在しないのである。ウソは、その人にとっては常に善意である。他から見れば、それが悪になるというだけの話である。

ただ、子供の場合は、現実と自分の空想との見分けがつかないことがある。自分の空想をふくらませて、自分ではウソをついているという自覚がない。子供の、この空想の芽《め》を摘《つ》んではならない。これが難《むずか》しいところ。

子供のことをガキと言うが、これは絶妙。餓鬼は仏教用語で、餓鬼道に墜《お》ちた亡者。畜生よりまだ下の段にうごめいている。餓鬼の下が地獄である。子供を餓鬼《ガキ》と呼ぶのは、江戸文芸にも散見できて、歴史は古い。

性善説のウソ

荀子の性悪説は、その例証が至極《しごく》ごもっともで納得できる。——子供を見たまえ。あれは欲のかたまりではないか。徹底して修正しなければ、社会では使いものにならんよ。だからこそ礼を以《もっ》て人の性を矯正する必要があるんだ。躾《しつけ》が必要なんだ、教育が大事なんだ——と、説いている。

孟子の性善説の例証は、ちょっと納得し難いところがある。——人には誰でも惻隠《あわれみ》の情がある。泥棒が盗みにはいろうとしたら、幼児が這《は》い〈して井戸の中へ落ちようとしている。あぶないッと思って、盗むことも忘れて、他人の子供さえも助けようとする。見たまえ、悪を実行しようとしても、本性の善が出てくるではないか。——と、孟子は力説している。

だが考えてみれば、おかしな話である。この泥棒は大人なのだ。大人になるまでに惻隠の情が身についたので、この男は、「泥棒養成学校」で学んでいたのではないのだ。

人間の本性が善か悪かを論ずること自体、無意味だと言われればそれまでだが、論争するなら俗世間に染《そ》まらぬ子供を例に挙げるほうが理にかなっている。

三割は死ぬだろう

子供の残忍なること、悪虐無道なることは、言語に絶するものがある。こんなことを言ったら相手が傷つきゃしまいかという、つまり惻隠のブレーキが子供にはない。わが身をつねって人の痛さを知る、ということが出来ない。肉体的能力的欠陥、運動神経の劣後《れつご》、家庭環境の劣位等、苗字《みょうじ》や名前までもいじめの対象になる。なぜ、うちの姓はヘンなのか、なぜ親は、こんな名をつけたのか、などと悩む。大人にはなんでもないことが子供にとっては重大なのだ。いじめられっ子の立場が、どれほど悲惨なものか。

自殺の方法がもっと簡便で、市販のガムを食べれば、その場で苦痛もなく死ねるような状況なら、三割くらいの子供は、小学生のころまでに死んでしまうであろう。

その、子供の優劣・差別をなくすための一つの手段が、運動会でテープを同時に切ることだとしたら、なんとまぁ単純なみすぼらしい発想であろう。子供の人権、などとカッコつけてはいけない。子供の餓鬼権をこそ認識すべきである。

ガキとクソ婆《ばば》ぁ

子供はかわいい、などとは無責任きわまるウソ。わが子がかわいい、ということを混同し

てはいけない。「よその子でもかわいいではないか」と言うのは、その子が直接自分と利害関係がなく客観視できる場合である。

　子供好《ず》き、という人がいて、他人の子供でも好んで世話をする人がいるが、あれは、ペットをかわいがる気持ちや、ままごとを楽しむ気持ちと同じで、その人の趣味性向《せいこう》である。直接関係のない子供がかわいい場合は、自分の子供より孫のほうがかわいいのと同じ理屈で、孫には直接扶養責任がないので愛玩専用になり得るからである。

　「子供は天使だ」などと、キザなことを言っていた老人が、近所の子に大事な盆栽をひっこぬかれたり、秘蔵の掛軸にイタズラされて、天使が悪魔になった例は多い。

子供は小さいからかわいい、というのは自然の情で、清少納言も言っているが、人形や盆栽を愛《め》でるのと同じ理屈で、ここで話題にしている子供がかわいいとは、いくらかわけが違う。

自分の母親を郷愁的モデルにして猶山節考を書いた作家は、「あなたにとって、お母さんとは？」という質問に「誰でもすべて、自分の母親は世界一。最も理想的な女性像。だが、他人から見れば例外なく、それこそ例外なく、クソ婆《ばば》ぁである」

これは、子供の場合も、そっくりあてはまるのである。

礼の基本

年賀状に、家族や子供の近況をギッシリ書いたり、写真まで載せることの愚かさは、あっちこっちから揶揄《やゆ》されているので、今では少なくなったが、あの種の賀状は肉親以外には通用しないもの。他人から見れば「クソ婆ぁや、ヨソのガキが、どうであろうと知ったことか」である。

自分の子供のことは、肉親以外には、絶対に話題にしてはいけない。というのは礼の基本である。子供を話題にする、そのパーセンテージで、バカ親の度合いを判定する方法があるが、これは正しい。その人間の品格、良識すらも判定できるのである。

例えば子供が有名校へ合格したのを、嬉しさのあまり友人に話す場合がある。相手は「おめでとう」とは言うが、その友人の家庭に特殊児童や障害児がいることを、すっかり忘れてしまっていることがある。

わが子のことは、相手に聞かれたら答えるのが原則で、しかも相手が社交上、お世辞で聞いている場合を見ぬくだけの冷静さが求められるのである。

餓鬼大将体制

文化人や教育者を名乗る人たちの講演に、こんなのがある。

「今の子供は萎縮《いしゅく》している。天真爛漫な子供らしさがない。ヘンにお行儀がよすぎる。昔は、ハナッたらしの餓鬼大将《がきだいしょう》というのがあって、粗野でも伸び〳〵していた。今、子供の世界で欠けているのは、あのガキ大将体制なのだ」

聴衆のお母さん方、主婦連中は、コックリとうなずきながら、全員賛同の意を表している。もっとも講演中、話の段落ごとに深くうなずくのは女どものクセで、よっぽどよく理解しているのかと思えば、実は、なんにもわかっていない連中が多くて唖然とするものである。講演のあとで、質問の時間があると、その質問たるや、さっきまで一時間も熱弁をふるった内容が、そのまま解答になるものであって、このオバサン、今まで何を聞いていたんだろうと、ガクッとくることがしばしばで、聴衆のこっくりうなずくのはアテにならないものである。

それはとも角として、さっきのおエライ先生のガキ大将体制論に対して、

「ほんと、先生のお話の通り。ガキ大将っていいわ。子供の世界は、あれでなくちゃ……」

「ほんとですわねぇ」

などと、バカ母さんたちが賞讃しきりである。彼女らが、なぜ賛同するかと言えば、自分の子供がガキ大将になるのだと、てんでに思っているからである。一人のガキ大将が出るためには、家来になる幾人かの子供が必要で、いつも使い走りをさせられたり、うちから何《なに》を持ってこいとか、キツイ・キタナイ・キケンな仕事をさせられる。しかも、チビだのデブだのサイヅチなどの肉体的欠陥か、サル、キツネ、カバなどという動物名の仇名で命令される。

「お山の大将おれ一人。あとから来るものつき落とせ」という西條八十の詩がある。バカ母さんは、自分の子供がお山の大将で、つき落とされるのは他人の子供と錯覚しているから大賛成なのである。

子供の世界には、ガキ大将の交替制などはないし、下克上《げこくじょう》の風潮もあり得ない。わんぱく時代は大いに結構。だがガキ大将体制と混同してはいけない。全く別のことである。

この理屈を、ある母親に説明したら、

「でも、ガキ大将の下につく子供は、隠忍自重の忍耐力や、人間関係のあり方や、子供なりの処世術を体得して、それが人間形成に役立つ、と講師の先生は説明してくれましたわ」

なんてバカなことを言うのか。だったら交替制のないガキ大将自身は、人間形成の機会がないから、大人になっても我《が》を通す、傲慢《ごうまん》な、自分勝手な人間になってしまうということか。この母親は、人間形成のため、処世術体得のためなら、わが子がいつも下積みの「あとから来るものつき落と」される側にまわってもいいと思っているのだろうか。

暗い時代

小学校のクラス会へ、決して顔を出さない人たちの理由の一つに「自分にとっては暗い時代、恥ずかしい時代。それを思い出させる会などへ行きたくない」というのがあった。「そんなことは、子供のころのこと。今となれば、それもなつかしい思い出じゃないか」と言う人は、暗い恥ずかしい時代でなかった人で、これは、いくら説明してもわかってもらえないものである。

いじめられっ子

いじめの問題が話題になると、テレビや雑誌などで、「自分は学校時代、いじめられっ子だった」と述懐《じゅっかい》する人が多い。だがその人は、マスコミ界で発言できるまでの地位になったから堂々と言えるので、いじめられたからえらくなったのではない。自分がいじめられたことなど口に出せない無数の人間がいる。

政官界の大物《おおもの》が、母校で記念講演をするとき、自分は先生に世話をやかせた始末におえぬ生徒だったとか、成績不良で落第したことを自慢げに話したりするが、それは、大物になったから言えるのである。

学歴があると、松下幸之助にはなれないみたいな話を、まじめに聞いていてはいけない。

また、もとの話に戻るが、いじめられるということが、どれほど辛《つら》い、せつないものであるかは、その経験者でなくては絶対にわからないことである。いじめがもとで自殺する子。あの気持ちは実によくわかるのだ。おエライ先生方が、そして、いじめられ経験者と名乗る先生方が、「だれかに悩みを打ち明けることが出来なかったのか」とか、「親とか先生に相談して……」などと、この世の人間ではないような発言をしている。自分がいじめられているこ

とを、口がさけても言えないのは、先生である。そして親である。その理屈のわからない人は、自分がいじめられたことのない、倖《しあわ》せな人である。

陰湿《いんしつ》ないじめをどうするか。社会問題、教育問題、その中の一つだけの現象を採り上げて論じても意味はないし、論じたところで、なんの影響力もない。

ただ、子供の人権だの、子供の神話を否定するところから、はじめたらどうか、と思っただけである。

大宗教は、なぜ不要なのか

「テレビアジャリ」

黒衣をまとった若い修行僧が、座禅を組んでズラリと並んでいる。棒を持った先輩僧が見まわって監視をしている。ちょうど真ん中あたりに坐《すわ》っている行僧が、居眠りをしたのか、少しクラッとする。すかさず先輩僧が、棒で肩をピシリとやる。

こういう修行の場面が、テレビでも、よく紹介される。何故、うまく画面中央の行僧に、ピシリと来るのか。若い行僧たちは、その日、カメラが入っていることを百も承知だから、緊張して、全員が微動だにしないはずである。なんのことはない、後ろ向きで顔はわからないから、中央の行僧が打たれ役ということは、はじめから決まっていて、ウトウトする。

カメラで捉《と》らえた修行の光景は、かくしカメラででもない限り、修行でもなんでもない。ショウである。滝《たき》に打たれているのもショウである。大荒行と言われ、別格の阿闍梨とかいう資格が貰える比叡山の修行僧を、NHKのカメラが追いかけたことがあった。深山幽谷の、道なき道を駆けまわる情景である。後ろからの撮影だけではない。けわしい山道を駆けおりて来て、正面の顔が、アップで画面に迫《せま》る。要所〱で、カメラが待ち構えている。

だが、あんなものは、大荒行でもなんでもない。ヒゲぼう〳〵で、黒衣もズタ〳〵の行僧でも、カメラが撮《と》っていることを意識しているのだから、これは、見せものである。なにが修行なものか。この時の僧も、最高位の資格を貰ったらしいが、これは剥奪《はくだつ》すべきである。強《し》いて資格をつけるなら「テレビアジャリ」とでも呼べばいい。

カメラ進入禁止

関東にも、大荒行の一つがある。毎年死者が出るので、今では専門医の検診が義務づけられ、ドクターストップがかかった僧は、否応《いやおう》なしに行堂の外へ追い出される。堂内で死なれると、いくら宗教でも法治国家である以上、警察が行堂内へ入る。修行僧と修行伝道僧以外は、絶対入堂禁止だから、これには当局者が困惑するのだ。この荒行堂内の修行の情景は、かつてカメラが入ったことがない。修行を終えて退出した僧も、堂内の修行状況を、口外してはいけない、という建て前《まえ》になっている。これが、ほんとうの修行というものである。

カメラ用の修行

冒頭に上げた座禅の、ピシリと打つ情景は、修行というより、行僧の日常生活紹介みたいなもので、その宗派の布教伝道、つまりはPRだから、文句を言ってはいけない。旅の僧が、入門を申し入れ、何度か断《ことわ》られたり、禅問答の場面があるが、あれは全部お芝居、というより、はじめから形式が決まっていて、問答の質問も解答もお互いにわかっている。それはそれで、よいのである。

だが、布教でもPRでも、そこまでカメラを入れてはいけない、というラインがある。NHKの脚本が先導して、寺院側のほうが「では、その線でやってみましょう」と、ふだん、全くやってもいない修行の状況が映《うつ》し出されることがある。あそこまで、視聴者をだましてはいけない。

修行が行われる大寺院は、中へ入れば、ほとんど和室、つまり畳の部屋だから鍵《かぎ》などはない。ある、法衣を着た他宗の僧が、長い廊下を迷いこんで、うっかり襖《ふすま》を開けたら、黒衣の修行僧が、ゴロゴロ寝ていた。まるで鮪《まぐろ》の大漁《りょう》のような感じで、「しまった。まずいところを見てしまった」と、同業者なので慌《あわ》てて襖を閉めて逃げてきたと言う。芝居見物の客は、楽屋や奈落など見ては興ざめするものだ。NHKのカメラは、山門内の鮪の大漁など、決してうつさないものである。

坂倉と麻原

坂倉真民とか言う、詩人だか宗教家だかが、いたらしい。「念ずれば花開く」みたいなことを言っていた。それはいい。えらい人かもしれない。

だが、やはりNHKで、この人が、地べたへ坐りこんで、土へ顔をすりつけんばかりにして、土下座だか礼拝だかをしている姿が映《うつ》った。拝む対象物はない。顔のほうが手前《てまえ》になって大きく映っていた。ということは、カメラに向かって礼拝しているのである。あ、これはダメだ。比叡山のテレビアジャリと同じことで、少なくとも宗教的には、どうにもならぬ人間だと思った。さんざ、リハーサルもしたであろう。「テレビに出れば花開く」のであろうか。オウムのPRビデオで、麻原彰晃が、指を宙《ちゅう》でクル〳〵まわしているところが、テレビの画面にも出たが、坂倉も、オウムのPRと同列になってしまった。NHKも、罪なことをしたものである。

余談だが、オウムの麻原と言えば、「あの、右手を挙げて指をまわす格好《かっこう》は、サマになっている。堂にいっている。ふつうの人間には、中々あんな工合《ぐあい》には指をまわせない」と感心したら、「あれは、わけはないよ。トンボを取るときの型《かた》なのだ」と、その道《みち》の人が教えてくれた。なんのことはない、子供がトンボを取るときのかっこうをしたら、いとも簡単に、尊師のマネが出来てしまった。些細なことにも道があり、プロがあるものである。

大宗教の恐《こわ》さ

旧著に「宗教は必要悪である」と書いたが、どう考えても既成大宗教は無用である。キリスト教・イスラム教・仏教等、宗教で救われた人間も多いが、殺された人間も多い。宗教は、人を救うものだ、というのが常識だが、宗教のために、どれだけ人間が残虐な殺され方をしたかと思うと、げにも恐ろしきは宗教である。宗教がなければ、世の中は別の意味で、もっと平和であろう。歴史も全く変っていたであろう。

あの十字軍は、十一世紀後半からおッ始《ぱじ》まって十三世紀後半まで続き、子供十字軍まで出てきた。あれは、キリストとイスラムの戦争で、当初の目的は、聖地パレスチナ、特にエルサレムの奪回だから、なんと二十一世紀まで、同じことで戦っている。お互いに相手は違っても、聖地回復に変りはない。

キリスト教は、十六世紀のルター宗教改革以来、カトリックとプロテスタントは犬猿の仲。互いに憎悪もしくは侮蔑の限りをつくしている。日本のクリスチャンなど紳士淑女が多いらしく、敬虔《けいけん》ぶって口には出さないが、熱心な信者ほど顔色に出すものだ。

「あなたは、クリスチャンなのに、どうしてあの教会へ行かないのですか」と、素人《しろうと》が聞くと、

「あれは、カトリックですよ」と、吐《は》きすてるように言う。

総じて宗教と言うのは、実に不思議な世界で、骨肉の争いをする。そもそも、キリストもユダヤもイスラムも、同一系統の宗教なのに、喧嘩ばかりしている。同じイスラムでも原理主義とか穏健派とかあって、相い容《い》れない。

血は水よりも

外国だとわかりにくいから、日本だけの話にすると、仏教とキリスト教では、お互いに異端視したり、邪教呼ばわりはしない。異質すぎるからだ。ところが、創価学会と霊友会系（佼成会・仏所護念会・妙智会等）とは、犬猿の仲どころではない。倶《とも》に天を戴《いただ》かず、である。学会にとっては、禅や真言や、さらにはキリスト・イスラムなど、はるかに邪教で許し難いはずなのに折伏《しゃくぶく》の対象にするのは、同じ教祖を奉ずる団体である。

もっと卑近な例を挙げると、法然が浄土宗を開き、法然の弟子の親鸞《らん》が浄土真宗の祖となった。とすれば、二つの宗派は、親子か兄弟分であろうし、お互いに最も理解し合える仲だと、部外者は誰でも思う。ところが敢《あ》えて誤解を承知で言えば、こそばゆい仲、と言うか、親類付《づ》き合《あ》いもしていないのだから面白い。

うっかりしていたが、日本の宗教戦争の元祖とも言うべきものは、大化の改新に至るまでの、血みどろの闘争であった。

後のことなど考えない

アフガンで、イスラム強硬派が、世界至宝とも言える仏教遺跡を破壊したと言う。そんな話になると、チベットでは、それとは比較にならぬほど、ひどい仕打ちが行われたが、一応、それはさておき、イスラムのやったことは許し難い行為かもしれないが、スジの通《とお》った話で、彼らイスラム信者にとって、仏像など、なんの信仰対象にもならないし、なんの価値もない。そして、自分以外の者が、大事にしているからこそ、破壊する意味がある。かけがえのないものであればある程、その意義は大きくなる。

金閣寺へ火をつけた、とんでもないヤツがいたが、農家の物置へ火をつけても意味はないので、金閣寺だから「炎上」させる意義がある。

もっとひどいのは、幸田露伴の五重塔炎上事件である。もっとひどいと言ったのは、金閣寺の場合、痴情怨恨も考えられるが、五重塔のほうは、心中の道連《づ》れらしい。それに露伴の塔は消失してしまって、金閣寺のようにレプリカでは意味がない。そもそも、どっちの場合も「真相」などは誰にもわからないのだから詮議したところで井戸端会議だが、一つ記しておきたいのは、心中でも自殺でも、自から死を選ぶ人間にとって、その後の世の中がどうなろうと、五重塔が国宝であろうと重文であろうと知ったことではない。あとに残った人は、どう思うであろうなどと考える人には、自殺など出来ないのである。

死の道づれにするには、デカくて価値のあるものほどたよりになるし、それだけ死の恐怖もうすれる。どうせ死ぬなら、日光の陽明門と一緒に焼け落ちたい。どうせ死ぬなら富士山と一緒に大爆発したい。富士がなくなったら、今の日本に、なんにも誇れるものがないが、これから死のうとする人間が、あとの日本のことなど考えるわけがないのだ。

日本宗教

これは、認めていないとか軽く見ているという話とは全く関係のないことだが、日本の「神《しん》道《とう》」は、厳密に言えば宗教ではない。教祖も教義も経典もない。あるのは典礼だけである。儒佛渡来以前の国学を拠点《バック》にしているが、これは教義にはなり得ない。明治までに、儒仏神の三者が、完全に、見事なまでに融合しきっていて、国学の四大人あたりが、いくら頑張ってみても、三者は、あざなえる縄の如しで、分ければ藁《わら》でなくて屑《くず》になってしまう。

石尊大権現、八幡大菩薩、稲荷大明神等々、マジメに考えると、なんとも妙な名前だが、それをおかしいとも思わず、それが定着してきた。

明治元年の神仏分離令をはじめとして、維新の政治家たちは、イスラム圏のように神道を国教として新国家を統一しようと考えたが、政治はプロでも宗教はアマだから、見事に失敗した。だが、その残滓《ざんし》は執念《しゅうね》く残っている。

神道には、ムハンマドもコーランもアラーもないのだから、国教とするにはムリで、懸命にミカドをアラーに仕立てようとしたが、これもムリ。

アラーもエホバもゼウスも、最高絶対神で、実在していないからいいが、現人神《あらひとがみ》だと、都合の悪いこともおこる。それに、日本には天照大神をはじめとして八百萬《やほよろず》の神がいる。これが現人神《ミカド》のバックになっているから、アラーみたいな絶対神ひとつにしぼることが出来ない。

さて日本は、右に述べたような土壌《どじょう》であるから、つまり米、野菜、果樹を作るというような管理された田畑ではないから、雑木雑草が、はびこりやすい。特定の宗教を国教とする国では、先ず起《お》こり得ないようなことが、日本では堂々と起こる。

ひと昔前、ある知名評論家が、「日本人は、正月には神道になり、お盆には仏教になり、十二月にはクリスチャンになる。これを日本教と言うべきか」と言ったら、それが気にいったらしく、トクトクと我がもの顔に言う群小評論家が多くて閉口したものだが、そんなおとなしい、ヒンのいい表現では、とても説明がつかないことが、日本では発生する。

足の裏の荒かせぎ

足の裏を見て、ガンがわかったり、その人間の運勢がわかるようなことを言って、なんと何百億円という荒かせぎをした狂祖《きょうそ》がいる。そんなものに、ひっかかるほうが、どうかしているると言うが、そのひっかかった人数が、ナマやさしい数ではない。集金額で判《わか》る。その人たちは、バカで無教養だなどと、決して言えない。作家だの女優だのが入信して騒ぎになった宗教も、足の裏と、どこが違うのであろうか。これは全く同じこと。教理だけから言えば、幸福のなんとかより、オウムのほうが、はるかに秀《すぐ》れている。

宗教というのは、教養とか学力とか能力には全く関係がなく、プロとアマがあるだけで、学者であろうが作家であろうが有名タレントであろうが、アマはアマである。

面白い泡沫宗教

あの、天下の名横綱双葉山だって、爾光尊というインチキ宗教にだまされて、防空頭巾みたいなものを被《かぶ》っていたのである。

踊る宗教というのが、全国的にはやったことがある。北村サヨというのは、当時有名人で、ある雑誌社の企画で、似たかよったか、という共通点があると、深沢七郎と対談させている。

「私の宗教は、妙法蓮華経ではない。妙法蓮結経と唱えなければいけない」と説いて、多数の信者を獲得したのもヒドイ話だが、それより、もっと上《うえ》があった。「私の宗教は『南無《なむ》』ではない『北無《ほくむ》』である」と力説して信者を増《ふ》やしていったのである。まるで落語か作り話のようだが、方丈記のかつ消えかつ結びてのように、次々とあらわれる新興宗教って、大体そんなものである。まさかそんなことでダマサレるやつが、と言うなら、また「足の裏」の話をくり返さなくてはならない。

なぜ宗教は要らないのか

さて、ここで、ほんとうの宗教の話になるが、ここからは、一応、宗教のプロの話である。プロと言ってもピンからキリまであるが、アマチュアでないことは確かである。

そのプロが明言するが、宗教は不要である。前項の小説の話ではないが、一般大衆には不要である。ここで言う宗教とは、世界的宗教、つまり仏教、キリスト教、イスラム教その他、教祖・経典・教義・典礼などを、何らかの形で持っている宗教のことを言う。

宗教が不要、などと言うと、ひねくれか、逆説か、奇を衒《てら》うか、目だちたがりやと思うであろうが、そうではない。

それなら無神論者か無宗教者と同じではないか、というと、これは全く違う。無神論、無宗教というのは、れっきとした宗教である。

この素朴なるもの

人間にとって、人間としての生活を営《いとな》む場合に、宗教的なものは絶対に必要である。これは、人間生活、社会生活の潤滑油《じゅんかつゆ》であって、他の生物には不要でも、人間には不可欠のものである。

全く矛盾したような話だが、先に結論を言うと、わたる世間に必要な潤滑油は、民族信仰、風俗習慣、日本の素朴きわまる古代神道的なもので充分なのである。もちろん、それらのものには、大宗教の教義経典を根幹として生まれてきたものも多いが、すでにその淵源《えんげん》は忘れ去られている。つまり、理論はなくて、行為・行動だけになっている。正月に松飾りをし、

節分に豆を撒《ま》き、七夕《たなばた》には願いごとを書いた紙を飾り、十五夜には団子やすすきを上げる等々、その地方なりの風俗習慣が潤滑油となっている。つまり宗教の役目をしている。地方に伝わる独自の雨乞いとか豊作祈願は、宗教というより慣習に近い。

信仰対象を具体的に並べてみると、道祖神、石尊、荒神、地蔵、観音、稲荷、鎮守、八幡等々。神仏、いずれに属するか、そんなことは、手を合わせる側《がわ》には関係ないことである。例《たと》えば、日本三大稲荷と俗称されているうちの一つは神社、二つは寺院に祀《まつ》られている。

観音さまというのは、衆生の求めに応じて種々に姿を変えてくれるという、都合のいいものだから、馬頭観音からゲートボール観音まで在《あ》る。地蔵もその通り。未来仏出現までの救済という地蔵本来の目的など、誰も知らない。巣鴨の地蔵さんを洗っている老人たちも、有難く御利益を得ようとしているが、理屈なんか知らなくてよいのである。この種の信仰には、前述の教祖・経典・教義・典礼などはない。ないと断定するのは酷《こく》かもしれないが、教義とか典礼という言葉で表現するほどのものはないという意味である。

一つの例として、石尊に言上する文章を挙げてみる。

サーンギョ、サーンギョ。ドッコイショ。オシメノハツダイ、コンゴードウ。オーヤマダイショウフードーミョウ、オーセキソンダイゴンゲン……（以下略）

このように聞こえるのではなくて、このように読むのである。小石で台石をたたいて、調子をつけて何回もくり返す。恐らく、もとの文句は、「讃仰讃仰、六根清浄、大峰八大金剛童子、大山大聖不動明王、石尊大権現……（以下略）」らしい。サーンギョは、讃仰でなくて懺《ざん》悔《げ》だという説もあるが、それでは暗すぎる。六根清浄を、ドッコイショと唱えるが、登山や、勢《いきお》いをつけるときのかけ声を考えると、語源的に同じであろう。とすれば、ドッコイショで充分、神さまには通ずるのである。この文言を唱えることによって、彼らに運が開き、御利益《やく》があるのである。

不動明王は、もちろん仏教神。八人の金剛童子は、不動の使者である。その石尊の前で、神官《かんぬし》が神事をする地方もあるが、誰もヘンだとは思っていない。

一体「禅」とは何か

日本の仏教でも、各宗派それぞれに、高邁《こうまい》な教義や理論があるであろう。だが、いくら深遠であろうと、それらで衆生は救えない。昔も今も、決して大衆を救ってはいないのである。大衆が救われたのは別のことである。

最澄・空海をはじめとして、中国に渡って奥義を極めた人も多いし、向うから日本へ渡来した人も少なくない。万巻の仏教書を読んで、一宗を開いた僧もいるし、その教祖に心服し、布教伝道に生涯を捧げた数多くの人がいたであろう。もちろん彼等は高遠な教義も難解な理論も会得《えとく》したであろう。そして救われたかもしれない。だが庶民つまり一般大衆とは別のところに、それはあった。

たとえば禅の場合、貴族や高級武士までは、いくらかでも浸透して行ったが、それ以上はムリであった。今の日本からは想像もつかないが、一般大衆、という言葉は、文盲と同義であった。禅では、教外別伝《きょうげべつでん》・不立文字《ふりゅうもんじ》などと都合のいい言葉があって、なんのことはない、理屈は要《い》らない、文章も不要、御経もいいから、ただ坐《すわ》っていろ。なんにも考えないでいいのだよ。というだけの教えである。一種の文盲対策で、こむずかしい理屈では、大衆はついてこないことがわかったのである。「不立文字」という看板を掲《かか》げながら、仏教書の中では、鈴木大拙の大全集をはじめ、禅の本が一番多いのは皮肉な話である。しかし、そんな本を大衆が読むわけがなく、結果においては、不立文字なのである。

空《くう》だの円《えん》だの無《む》だの言って、ただ坐っていればいいなんてものが宗教なのか。禅問答など、知らない人は有難がるが、あんなバカバカしいものがあろうか。白隠禅師がおっ始《ぱじ》めた「隻《せき》手《しゅ》の声《こえ》」なんてバカもいいところ。ポンと両手をたたいて、今鳴《な》ったのは左の手か、右の手か、と言う。こんにゃくの裏表《うらおもて》と同じで、裏でないほうが表なのである。

座禅と言っても、達摩大師とか栄西・道元・隠元なんて連中が坐って冥想にふけっているならとも角、字も読めない、理屈も全く知らない連中が、坐って、しびれを切らし、時々、棒で打たれるのが宗教なのだ。実は、それでいいので、ほんとのところ、それだけなのである。ウソだと思ったら近所の禅寺《でら》の住職をつかまえて聞いてみればいい。「そんな単純なもんじゃありません」なんて言うかもしれない。「もっと奥深いものがあるのです」とも言う。「では、その奥深いと言うのは？」「いや、それはその、奥深くて、口では説明できないものでで……」以上で一巻の終り。

三百ヶ寺の禅寺を歩き回って、一人くらい、まじめな顔で「そんな単純なものではありません」と言うかもしれないが、その人は教外別伝・不立文字でない人で、しかし、その人からも、決して明確な解答などは得られない。答えられないから、無《む》で、空《くう》なので、ただこのくり返しが禅なのである。

だったら禅も民俗信仰と同じで、サンギョ、サンギョ、ドッコイショと同じではないか。その通りなのである。結果において、全く同じことである。ただ、禅寺がわの都合で、奥深いということに申し合わせているのである。

教祖の決断

禅に限らず、他の宗派も全く同じこと。ただ念仏を称《とな》えていれば、救われること疑いなし、で浄土系の宗派は成り立っている。

当時、その時代のインテリであろうか、「いくらなんでも、念仏だけ称《とな》えてればいい、と言うのは芸《げい》がなさすぎる。ほんとのことを聞きたい」と、直談判《じかだんぱん》で親鸞《しんらん》に教えを請うた人がいたが、「念仏を称える以外に、なにもなし」という相変わらずの答えであった。法然にしても親鸞・蓮如にしても、研修研学の結果、大衆を救う道は、ただこれのみ、これ以外のことはダメ、と、絞《しぼ》りに絞って案出した、単純明快な結論であった。そして、この線を崩したら収《しゅう》拾《しゅう》がつかなくなることを、どの教祖も、どの高僧も知っていたのである。禅の、ただ坐っていればいいのと全く同じである。六根清浄がドッコイショで通ずるように、称名も、ナンマイダァで通用するのである。「何枚《ナンマイ》ダ？では通じません。正確に称えないと極楽へは行けませんよ」などと、決して高僧は言わないものである。

別の宗派でも同じことがあった。一心に題目だけを唱《とな》えていれば、来世どころか、今、この世の中で救われるのだ、と言っている。現世利益だから、新興宗教には、この系統が多い。この教祖は当然、八宗兼学で、万巻の書を読破していたが、結局は、一般大衆に対して、題目を唱える以外に、救われる道はない、ということになってしまった。

今でも昔でも、高僧や指導者クラスの人に、さっきの親鸞へ質問したように「もっとなにかないのですか」と聞けば、「私を信じなさい。私が良薬だ、と言っているのです。薬の効能書《が》きを読んだり、その成分を知らないと、薬は効かないのですか。そんなことはありません。あなたは病院へ行って、医者の薬を黙って飲んでいるでしょう。点滴の中味を知らなくても効果はあるのです。私を信じなさい。私はオタンコナースではありませんから薬や点滴を間違えたりしません」

説明はムリなのだ

そもそも、一人の人間が、半生をかけて、苦しみぬいて研修したものを、一時間か半日くらいで要約して教えろって言うのはムリなのである。

ノーベル賞をとった科学者に、ド素人《しろうと》の人間がインタビューしたところで説明できるわけがない。カメノコの化学分子式を見せられたって、わかるはずもない。「寝ていて、ふと考えついた」とか、「失敗してヒントを得た」程度のことしか答えられないのである。

大科学者に限らない。ほんものの宗教家なら、同じことである。真の芸術家も、人間国宝クラスの職人も、恐らく同じことであろう。

結果は同じ

くり返しになるが、宗教的なものは潤滑油として必要だが、大宗教は不要だと言うのは、一般大衆側からすれば、結果は全く同じことだからである。すねているわけでもゴネているわけでもなく、ほんとうに事実を言っているだけのことである。めくじら立てて他宗を論難したり、法論対決したりしたのは、プロ同士の喧嘩で、救われねばならぬ一般大衆とは無縁のところでやっていたのである。もちろん法論に勝つことが大衆への布教に役立つこともあった。ノーベル賞受賞者が、なんで貰ったのか大衆は知らなくても、尊敬されることは確かである。

天国

具体的に例を挙げると、亡《な》くなった人の遺族の談話で「いまごろ天国へ行って……」と、天国々々と言う。キリスト教徒も仏教徒も神道も、遺骨を地中に埋めてからも言う。天国は共通語である。西方浄土も極楽《ごくらく》も霊鷲山《りょうじゅせん》も高天原《たかまがはら》もない。大衆は「天国」で一番満足するのである。「今ごろは地獄で……」と言うのは「お笑い」のときしか通用しないのである。

どこの国でも同じ

日本みたいな、オジヤ宗教国家では、民族信仰で充分こと足りるとして、外国ではどうかと言うと、全く同じ、と言うより、もっとひどい。日本人には信じられないが大衆イコール文盲で、日本は一応、文盲はゼロとなっているが、世界の文盲率の平均は六割。先進国を除いたら、文盲は八割から九割になる。

かつてのイラン革命のことを、別名ソニー革命と誰かが言い出して有名になったが、文盲対策として、カセットテープを使って意図を周知させ、革命を成功させたことを言う。「アラーは偉大だ！」と叫んでいるだけの連中に、文字も、こむずかしい理屈も要《い》らない。

この点、文盲ゼロなんていばっている日本だって同じこと。「アラーは絶対ですかァ？」なんて言えば、「足の裏は最高ですかァ？」と、こだまが返ってくる程度のものである。

もちろんキリスト教だって全く同じ。そもそも、聖書を精読して、恐れ入って信者になった人などいない。なにかのきっかけで、単純な、俚諺のような教えを聞いて信者になり、あとからボツボツ聖書をパラパラ見るようになったのである。

プロの立場

宗教は不要だ、ということは、宗教の研究が不要だ、という話ではない。宗教学、つまり宗教心理学・宗教社会学・宗教人類学・宗教民俗学・比較宗教史・宗教哲学・神学等、たくさんの分野が拓《ひら》かれているから、その道に興味のある人、その道を極めたい人は、存分に勉強すればよい。ただそれによって、自分は救われるかもしれないが、人を救うことは出来ない。救おうとすれば、教祖たちのように、不立文字、単純明快な何かを案出して、大衆に浸透させて行く以外に術《て》はないのである。

一般の人に理解が困難だ、という理由で、不要だ、などと言ってはいけない。哲学は、一般庶民には全く縁のない学問だが、哲学者や、その学究の徒にとっては、なくてはならぬものである。学問の真髄である。

外野席から（オンレコとオフレコ）

大辞典のミス

「臨死体験」という言葉がある。この言葉は、試みに広辞苑の場合、第四版までは全く顔を出していない。第五版になって、はじめて登場する。

臨死体験――死に瀕して、あの世とこの世との境をさまよう体験。

これはウソである。明らかに間違っている。名辞典でも、こういうことがあるものである。辞書の編纂《へんさん》側からすれば、こう書く以外に説明の仕様がなかったのかもしれない。あの世とこの世をさまよった体験など、この世にクサルほどある。

太平洋をヨットで横断した人。何十日間も漁船で漂流した人。山岳遭難や、不慮の災害で生き埋めになった人。つまり、奇蹟としか言いようのない形で生還した人達。その経験談は、話題性はあるし、励みにもなるし、将来の人身事故・人命救助の教訓にもなる。だがそれは、哲学的、宗教的には無意味なものである。

しかも、生死の間をさまよった人は、右に挙げたような人たちばかりではない。病院で医師にも見放された重病人が奇蹟的に一命をとりとめた話。そういう人たちも死の淵《ふち》を覗《のぞ》いたのである。つまり、辞典に載っている意味の体験談は、別に珍しい話ではない。

大昔《おおむかし》から、茶飲み話になっている、「死にそこない」の話が、平成の世になって、はじめて成語として、「臨死体験」の熟語として大辞典が認めた、というのは実に奇妙な話で、辞典の通りの語意なら、全く載せる理由はない。

「臨死体験」の正確な語意は、「あの世」を、「死後の世界」を体験したことを言うのである。辞典の意味でなく、正式の、というより巷間《こうかん》使用されている意味の「臨死体験」は、絶対にあり得ないことである。絶対、と言い切れる説明はクドクなるから省《はぶ》くが、これは、その分野の、プロ中のプロが断言する。

生死の間をさまよったというのは、生生の間をさまよったので、死とは全く無縁。死んだのと、死にそこなったのとは、天地の差がある。差というより、全く別の概念である。

死後の世界を覗《のぞ》いたものは、人類には誰もいなかったし、今後もいない。

識者の証左

こんなバカげた話を、なぜするかというと、学者や著名人、有名人など、インテリと目《もく》される連中が、マジメくさって「臨死体験」の話をするからである。彼らが話す場合、決して辞典の意味ではなく、あの世、つまり死後の世界の話をしているのである。あ、こいつはもう、ダメだ、ということになる。

たとえば立花隆という評論家がいる。政治家の金脈でも探していればいいものを、臨死体験を認めるようなことを言い出した。とたんに、この人間の知的価値は0《ゼロ》になったのである。評論家が、ただの芸能人になったのである。

芸能人、タレントが「臨死体験」の話をするなら文句を言うこともない。マスコミを賑《にぎ》わしている霊視とか心霊写真、〇〇霊、××霊などの話、あれは徹底して全部ウソ。テレビの場合は視聴率をかせぐためのショウだから、他の占《うらな》いの番組と同じで、お遊びである。

あえてNHKの肩を持つわけではなく、霊視とか心霊写真の話を、NHKが真剣に採り上げるまでウソだと思っていればよい。先ず、永久にNHKの番組にはならない。

ある分野で、プロの肩書きを持ったら、その他、つまり専門外の分野のことは、茶飲み話、仲間同士の雑談《おしゃべり》のときしか話題に出してはいけないという話である。

丁半の確率

無着先生という、小学校教育を、まるっきりダメにしてしまった有名な先生がいる。この先生が、ラジオの「子供電話相談室」という番組の、回答者の一人になっていたことがある。ある日の、子供からの質問の大意は「丁半《ちょうはん》、コマ揃《そろ》いましたの、丁半ってなんですか」ということだった。先生が、やまびこのように、すぐ答えた。「二つのサイコロがあって、それが偶数と偶数なら丁《ちょう》。奇数と奇数でも丁《ちょう》。偶数と奇数のときは半《はん》ですよ」と、ここまではいいのだが、そのあとがいけない。つまり、プロの領域をふみ外《はず》したのである。「もし、あなたが賭《か》けるとしたら、丁《ちょう》のほうが、はるかに有利ですよ」と、きたものだ。

それはそうだろう、偶数と偶数で丁、奇数と奇数でも丁。偶数と奇数のときに限って半と言うなら、丁の出る確率は、半の二倍である。恐らく、この先生、その年になるまで、そう信じていたに違いない。その翌日、抗議の電話が殺到したかどうかは知らない。たしかに、二つのサイコロは、偶数と奇数で半になるが、奇数と偶数の場合も半になるのだから、丁半の確率は全く同じで、だから賭場《どば》が成り立っていたのである。

ユリゲラーの世界

小林秀雄という、文壇の大御所とたてまつられた人がいた。文化勲章も貰っている。こんな人に面と向かって楯ついたら、文学界では、生きて行けなかっただろう。

ところが、この人の評論は、小説で言えば大江健三郎で、アマチュアには、先ず、何を言っているか判《わか》らない。真剣になって読みなおせば、意味がわからぬでもないが、それほどまでに苦労して面白くもない評論など読んでも仕方がないから、アマはあきらめて、ただエライ先生だから、わかったような顔をしていないと低俗だって言われるよ。ということにしているようだ。

えらい人。たとえば大学教授の文章など、おそらく高級なテーマなのだから、難解なのは当たり前。わからないのは、読む人間がバカだからだ、と思っていたら、そうではなかった。その先生に表現能力がない、つまり文章が下手《へた》だ、というだけのことに過ぎなかった。教授、必ずしも文が書けるとは限らない、と言うよりか、書けない人のほうが多いので、困ったことに、そういう先生は、表現能力の欠如《けつじょ》を自覚していないのである。

もう一つの問題は、その先生に表現能力はあるが、一般大衆の理解力を計算できないことである。つまり自分が頭がいいものだから、世の中に、いっぱいバカがいることを察してくれないのだ。これだけわかりやすく書いたのだから、わからぬはずはない、と信じこんでいる。

話を戻して、大御所小林先生は、プロには違いないし、頭脳明晰に決まっているが、表現能力が意外に欠けていたのではないか。

評論文に、だ言葉と、です言葉を混《ま》ぜて使うことさえある。修辞上、つまり承知の上で効果的に交《ま》ぜて使うことはあるが、どうも、それとは違う。

小林秀雄が、小説を書いて、師の志賀直哉のところへ持って行ったが、師は一読して、黙って、全く一《ひ》と言《こと》も言わず、小林のほうへ押し返したという。サッポロビールではないが、全く黙っていた。小林は、それから小説を書かなくなった。

某出版社が、当時の名だたる文芸評論家ばかり数人を選んで、小説を書いてもらうという企画をした。あれだけ紙上で小説に文句をつける人だから、さぞいい作品が誕生するだろうと読者は期待したが、だれひとりモノにならなかったらしい。それは当り前のことである。

さて、その小林秀雄が、講演会で、専門領域を踏《ふ》み外《はず》したのがテープに残っている。例のカナダのインチキ師、ユリゲラーの世界を、ほんとに超能力の世界だと信じていたのである。そういう世界を畏敬の念を持って話しているのである。やっぱりこれはダメだ。たいした人間ではなかった。誰かさんの臨死体験ではないが、自分の領域の外に出るのは、飲み屋のカウンターか、茶話会のダベリングのときだけにしなければ怪我をするのである。

ナンジャラホイの話

宮沢賢治の詩に、いくつかの連になっている作品がある。その一連ごとの、あとに必ずカタカナで、わけのわからない文句が付《つ》いているという。吉本某という評論家が、このカタカナを、意味不明としてかたづけてしまった。いやしくも日本語で書かれてある詩が、オレにわからぬはずはないという気《き》負《お》いがあったに違いない。つまりこの、意味不明のカタカナは、チョイナチョイナか、ナンジャラホイと同じようなものだと思ったのだ。冗談ではない、このカタカナは、法華経の陀羅尼品という御経の文句で、呪文《じゅもん》だから、カタカナで表現するのが最も適切なのである。これが経文《もん》だとわからなければ、賢治の詩の本意はつかめない筈《はず》なのに。

詩や評論はプロでも宗教のことはアマなのだから、専門外のことは何故、プロに訊《たず》ねようとしなかったのか。

徒然草ではないが「すこしのことにも、先達はあらまほしきことなり（第五十二段）」である。

東條英機

戦後は、グンとステータスが落ちたが、昔の大臣、特に総理大臣なんてのは、格が違って

いた。表立《おもてだ》って批判など出来なかったが、それにしても東條英機はバカにされていた。戦争を始めて、この国を焦土と化した張本人ということで、今でも怨嗟《えんさ》の的《まと》になっているが、そういう意味でなくて彼は、在任中評判が悪かったのである。勝子夫人のことを、かげでは宋美齢（蔣介石の後妻。彼が尻に敷かれていたという噂）などと呼んでいたが、その夫人が、各新聞社に電話をかけてくる。たとえば「今日、何時ごろ、首相が魚河岸へ行きます」……連絡があると、新聞記者は、現場へ行って写真を撮り、記事にしないと、あとでまずいことになる。その日、東條は、魚河岸へ行って小僧の頭を撫《な》で、「未来の戦士、お国のためにがんばってくれよ」てなことを言う。「ぼくらの東條さん」という歌のレコードが売り出されたのもその頃で、戦後、しばらくの間、そのレコードは、あちこち目《め》についたが、今は「おたからもの」であろう。

この東條首相、おひらの長芋《ながいも》へ眼鏡をかけたような顔をして、頭のテッペンから出るようなカン高い声で「今やァ、大東亜戦争はァ……」と国会で演説をぶつ。そのとき、必ず「大東亜戦争を完遂《カンツイ》しィ……」とか「任務を遂行《ツイコウ》しィ……」と言う。副官か誰かが教えて訂正してやればいいのに、と国民は巷《ちまた》でコソ〳〵言っていたが、遂《つい》に最後まで押し通した。日本語も知らんヤツだと言われていた。

この東條の家は、能楽の名家だと言う。ところが、大宅壮一の「東條伝」によると、東條は能家の生まれのくせに、熊野を、クマノと読んでいた、その程度の人間だ、と書いてある。もちろん、これはユヤと読む。「熊野《ゆや》と松風《まつかぜ》は米の飯」という、辞典にも明示してある有名な俚諺があるのだ。

東條が首相をやめた時、海軍部内では「愚策を弄するものの末路、かくの如し」と言っていた。

彼は、あれでも一意専心、滅私奉公、お国のためにやったのだから、A級戦犯は可哀相だ。もっと悪いヤツもいたが、その連中は、東京裁判まで生きていなかった。

命取りにもなる

中国の鄧小平が来日した際に、時の首相が「唐招提寺をケンリツし……」と言って、もの笑いになった。寺院なら建立《こんりゅう》に決まっている。そこへ行くと田中首相は、どこであれだけの勉強をしたのか、国語力は敬服に値いした。

ＮＨＫ解説委員の筆頭クラスが、ニュース解説で「キショクを鮮明にし……」と放送した。もちろん旗幟《きし》のことだが、それ以来、その解説委員は姿を消している。そのためかどうかは判《わか》らないが、アナウンサーやキャスターなら画面で詫びれば済むが、解説委員では命《いのち》取《と》りになるかもしれない。

芸能人などはメチャクチャで、それを売りものにしている場合もあるから、その意味ではキラクな稼業である。

哀れなミス

とんでもないミスを侵《おか》した場合でも、それが善意に溢れている場合は、誰も文句を言わない。言わないだけに哀れである。

山で悲惨な航空機事故があった。その地域の首長らしいが、事故現場へ「昇魂之碑」というものを建てた。なんのことだかわからないが、そう言うことが出来ない。昇天と鎮魂と招魂を組み合わせて昇魂となったのだろう。昇魂之地、でもムリだが、そこに魂《たましい》はいない、という意味にとれば、場所を示すことにはなっても、慰霊碑にはならない。石に刻む前に、どうして近くの識者に相談しなかったのか。ということになる。うっかり消魂などと書けば、遊廓と間違われてしまう。元旦の初日の出を、海で迎え、そのキラキラした潮《うしお》のうねりを「初潮」という言葉で表現した知名人がいた。俳句だったらしい。それがその人の仇名《あだな》になったが、知らない人は、元《もと》所長か署長の意味だろうと、誰も笑わなかったと言う。

悲《かな》しい遺族、さもしい遺族

前項の、悲惨な航空機事故の話で、どうにも納得の行かないことがあった。

はじめに、誤解されてもいけないから余計なことを書くが、あの事故で一人娘を亡《な》くした両親がいた。手塩にかけて育てた女子大生である。その両親の人生は、そこで終わった。いかなる宗教も、この二人を救うことは出来ない。余生はヌケガラである。娘の墓前で心中したい気持ちであろう。死んだら娘の供養は誰がするのだなどと言うのは第三者の勝手な妄言。大金をもらって世界旅行をしようが、モノを買おうが、それが娘の身代り金だと思えば、楽しいわけがない。

つまり、この世の、どうにもならぬ絶望的な不幸というものは、宗教さえも手がつけられないのだから、金で解決できるはずはない。

さて、前置きはここまでである。注目すべきは結成された遺族団体の発言であった。

「あのとき、飛行機が突然激突して死んだ訳ではない。死を確信してから、つまり死ぬことが自明の理であることを自覚してから三十分間。これは苦悩だの絶望だのという言葉であらわされる心境ではない。この世に、これほど残忍なものが他にあろうか」

これは、まさにその通りである。文字通り、生き地獄とはこのことである。だが、「その三十分間の、筆舌に尽し難い業苦《ごうく》を考えると、その苦悩分に対しても慰藉料を払うべきである」

これは、まことにおかしな話だ。遺族の方たちは最愛の人を失ったのだ。一人十億円の慰藉料を請求したところで、その心情察するに余りある。だが、三十分間も地獄の苦衷《くちゅう》を味《あじ》わったのは本人であって遺族ではない。あの時、幸いにも生存していた人がいる。その人たちが苦悩料をも払え、と言うのなら、まだわかる。

ぐうたらな、飲んべエの夫がいて、止《や》むなく妻が働いている。その夫が、「おれの妻は、外で必死に稼いでいる。たいへんな苦労だ。夫婦は一心同体。妻の心労の分だけ、おれに酒代をよこせ」こんな例《たと》えは、まことにマズイが、亡くなった人の苦悩料も含めて請求するなど、死者への冒涜《ぼうとく》である。

それと前後して、南方で航空機事故があった。犠牲者は、もういい年の老人が多かった。あの老人たちは、子供や孫に、いいプレゼントをしたものだ、と陰《かげ》では噂《うわさ》していた。そうしたら、思いがけなく大金が飛び込んでくるであろう遺族が文句を言い出した。

「これから親孝行したいと思っていたのに、その権利を奪われた。その補償金も払え」

いずれの事故の場合も、おかしな理屈をつけるのは、遺族の一部ではあろう。迷惑している遺族もいたであろう。だが、さもしい人間というものは、なにか事件がおこると、その汚《きたな》い根性《こんじょう》が、さらけ出されるものである。

悪事ではない、非道である

さもしい根性などと、言うも愚《おろ》か、というほどキタナイ話がある。

かつて、リクルート事件というのがあった。それほど悪い事件ではなかったが、反勢力がデッチ上げて悪事にしてしまったらしい。こういうことは、こっちはアマだから口出しはしないが、その時、まことに不愉快な事件が起きた。

楢崎弥之助という代議士が、とんでもないことをやらかした。リクルートの社員が、代議士である自分のところへ賄賂《わいろ》を持ってくるところを隠しカメラで撮《と》っていた事件である。社員のほうは、自分の会社のイメージダウンを止めようと、会社のため藁《わら》をもつかむ気持ちで代議士宅を訪問したのであろう。法的には悪であろうと、社員にとっては必死の善である。そして哀れにも土下座までしたのである。

ところが代議士のほうは、自分が絶大な発言力を持っていることは百も承知、会社の誰かが自分のところへ来るのは二百も合点《がってん》で待っていた。そしてこの情景を、贈収賄の現場を、ドッキリカメラよろしく撮影して、テレビ局へ持ちこんで公開したのである。

これは、警察のオトリ捜査や盗聴と一緒にしてはいけない。全く違う性質のものだ。この代議士のウスギタナイ根性は極刑に値いするものである。法的には罪にならぬかもしれないが、道義的には死刑である。

この話は、西部邁「マスコミ亡国論」七十二ページにも採り上げられているが、著者は「素朴な嫌悪感を持つのが庶民感情というものであろう」と述べている。なにが素朴な嫌悪《けんお》なものか。「悪事はすれども非道はせず」という名台詞《ぜりふ》があるが、代議士のこの行為は、悪事ではない、非道である。人間のやってはならないことである。

学校のテストの時、監督の先生が、一時教室を出て行ったら、生徒の数人はカンニングをするであろう。それはむしろ当然である。それを教師が隠し撮《ど》りをして、現行犯で生徒を罰するとしたら、誰でもその教師に素朴な嫌悪感を持つであろう。あの代議士のやったことは、そんな程度のものではない。その、カンニング事件の教師みたいなのでも、実際にいたとしたら、いずれその教師は、学校にいられなくなるだろう。

男は証言台に立たない

ロッキード事件。これも素人考えなど言うべきではないが、ヘンな事件だ。アメリカから情報がそっくり入《はい》ってきて、田中角栄を首相の座から引きずりおろした話。アメリカなら、あのくらいの謀略は朝飯前《まえ》だとか、あの五億円は別の金だったのに、当の本人もカン違いしていたとか、今ごろになって真相はこうだ、などという話が出ているが、ここで、そんな話にふれるつもりはない。

そのとき、検察側の証人に立ったのが、かの榎本三恵子という女。例の「蜂の一刺《ひとさ》し」とか、キザな文句を言った女だが、日本の法廷というところは、こんな不合理なことが許されるのか。この女は検察側に立って、被告人に不利な証言をするために出廷したのである。その被告人とは、自分の別れた夫なのである。

常識で考えて、この女に証人になる資格はない。不在証明《アリバイ》は、身内の者の証言は証拠にならぬ。

「その時間、夫は家にいました」と妻が言ったところでダメ。「母は、その時、私と一緒でした」と子供が言ってもだめ。それは当然である。

だったら、別れた妻が、夫婦でいたときの話をバラしたところで証拠になるわけがない。もし、ある夫婦の仲が、このまま一緒にいれば殺人事件にもなりかねないほど険悪で、窮余の一策として離婚の道を選んだような場合、この女が証言台に立てば、なにを言い出すかわかったものではない。調停裁判ではないのだ。

榎本という女が「蜂の一刺し」と言ったという

ことは仇《かたき》を討《う》ったということで、そんな鬱憤《うっぷん》晴《ば》らしは証拠にならないし、もし証拠になるなら、身内のアリバイだって成立しなければならない。

そもそも喧嘩別れした妻を証言台に立たせるなど、超ナンセンスで、判事とか検察とかは、一般人の常識というものが通用しない種族なのであろう。

夫婦というものは、その夫婦でなければ、絶対に理解し得ない、第三者の憶測も許さないほどの、不文無言の了解条項みたいなものがある。たとえ離婚しても他へ洩《も》らさず、墓場まで持って行く内容のものもある。しかし、この見境《みさかい》がつかぬほどに女がバカなら、もう手の打ちようがない。検察がその、女のバカを利用して法廷に立たせたとしたら、オトリ捜査よりも、はるかに悪辣《あくらつ》である。

山本七平、夏彦という天下の大評論家が、この問題について論じている。その部分をそっくり借用してみる。

七平「だけど女ってのは怖いなぁ。榎本三恵子。位置が入れかわったとするでしょう。奥さんのほうが被告か、あるいは角栄側の証人になってて、旦那の榎本が検察側の証人になったとするでしょう。男性は絶対、あれは言えないです。離婚してもかつての妻が、そこにいるんでしょ。そんなこと言えないですよ。女房にあいそつかされたのが口惜しくてあんなことを言ってらぁ、男の風上におけないやつ。あんなやつだから女房に逃げられたんだってことになる。日本の社会、男性にはそれを許さないんです。男性がもしもあれをやったら、ほんとに男の風上にも置けないってことになります」

夏彦「そりゃそうです」

七平「逃げた女房がしゃくにさわるからって――これ、もうおしまいでしょ。女が怖《こわ》いんじゃなくて、男性はそれができない、やったら最期だということなんです、男の社会で。男女平等じゃないんですよね。男性のほうが、極めて弱い位置にいるんだな、これ」（文藝春秋社刊）

別れた妻は証言台に立つが、別れた夫なら、それはないと言う。男女不平等だと言う。天下の七平の言う通りで、男は決して証言台に立たないであろう。

ある一枚の写真

（白足袋族の明治維新）

石器埋蔵事件の快感

歴史とは、人類社会の過去に於ける変遷と興亡だと言う。「史実」とか「歴史が証明している」とか「この評価は後世の歴史家に委《ゆだ》ねられる」というような表現は、数多くある。とするなら、歴史は、人類社会の規範とまで行かなくても、ある程度の基準であって欲しいし、平凡な人間は、学校で教わった歴史が社会の定規《じょうぎ》だと思っていた。

ところが、たとえば長さを計る物差《ものさ》しが歪《わい》曲していたり目盛《めも》りが不正確であったら目も当てられないように、歴史も実は、そんなものであったらしい。つまり人類社会の定規にはなり得なかったのである。

この例は極端すぎるが、ごく近くには石器埋蔵事件があった。ありもしない「原人」まで出現した。教科書にも載った。この事件に、考古学者は憤激した。「死刑に値いする」といきまいた郷土史家もいた。それはそうかもしれない。最近、地中から何か埋蔵物が発見されたニュースがあると、素人は、「ほんとだろうか?」と、必ず疑惑の念を持つ。それほど、この学問に不信感を抱《いだ》くようになった、その罪は重いと言うのだ。

だが、ほんとのところ、一般庶民は、そんなに深刻に思っていない。どっちかと言えば、面白がっている。笑いながら茶飲み話にしている。

えらそうなことを言っても、考古学とか古代史は、あんな一人のオッちゃんの、バカげた行動で創り出されるほど脆弱《ぜいじゃく》な学問だったのか、ということを露呈したからだ。なんだ、そんなものか、と、胸がスウッとした感じだった。もちろん下劣な品性、さもしい根性だが、無知無教養とラベルを貼《は》られた連中が、ここぞとばかり、高尚ぶってる学者をバカに出来る快感は、インテリには、判《わか》らないかもしれぬ。

ピラミッドと法隆寺

歴史は、時の権力者が、都合のいいように書いたものだから、アテにならないという人が多い。

ところが、その逆《ぎゃく》で、反権力の側《がわ》が歴史を変えるようなことが意外に多いとも言う。たとえば日本では、社会主義が政治的権力を握ったことはないのに、この反権力のために、歴史

だけでなく、社会秩序もねじ曲《ま》げられてしまった。もっとも政権はとっていなくても、学界・思想界、それにマスコミまで牛耳《ぎゅうじ》っていたから、政権をも凌駕《りょうが》する隠然たる巨大権力だったのかもしれない。

エジプトのピラミッド。あれは、絶対的王権の下で、人民が奴隷のように長年月こき使われて出来上がった搾取《さくしゅ》の産物だという。同じく、日本の法隆寺も奈良の大仏も、人民残酷物語だと言う。ある日教組の先生は、修学旅行で法隆寺を見学した時、「ここへ来ると、人民の血の臭《にお》いがする」と生徒に説明した。奈良の大仏も、悲惨な苛斂誅求《かれんちゅうきゅう》の結果だと説明された。

ところが、なんと、ピラミッドは、人民救済保護のための、孟子のいわゆる「農時を違《たが》えず」方式で行われた、理想的公共事業であったことが、正確な資料から判明した。彼らは喜々《きき》として作業に従事していたのである。
法隆寺も、和を以て貴《とおと》しとなすの聖徳太子が、血みどろの労働など、国民に強《し》いる訳《わけ》もなかった。奈良の大仏も、その通り。光明皇后は、悲田院・施薬院を創り、かりにも患者の膿《うみ》を口で吸ったという伝説のある方だ。聖武天皇が、皇后とは正反対の桀紂《けっちゅう》であった筈《はず》はない。

しかし、この問題は、もっとヒドイのだ。ピラミッド造成の真相を知る資料は、かなり前から判明していたというのに、ソ連が崩壊するまでは公《おおや》けに口に出せなかった。いや、いくら説明しても世の中が受け入れてくれない雰囲気にあったという。東大のエライ先生ががバックについていると、事実であろうが史実であろうが、どうにもならなかったらしい。思想とは、こわいものである。歴史を歪《ま》げる力を持っている。

聖武天皇

聖武天皇の話が出たので、全くの余談だが、一《ひ》と言《こと》、記しておきたい。それは空外先生の談話である。

「正倉院には、国宝級の御物《ぎょぶつ》がたくさんある。聖武天皇の遺愛品も多い。その聖武天皇が、何故偉《えら》いかと言うと、皿でも壺でも花瓶でも、日用品として使っていたことだ。つまり茶碗や皿には、食べ物を盛って食べ、花入れには花をさし、衣類も敷物も日常生活に使用していた。筆記用具もその通り。それぞれの道具を、その用途のままに、常時使用していた。これが真の生活であり文化である。つまり聖武天皇は、価値のあるものを鑑識《かんしき》して、それなりの場所を与え、最高に生かして使っていた達人であった。世界の逸品が、シルクロードを通って運ばれ、それを見事に使いこなしていた世界的帝王である」

いま、われわれは、かつては日用品であったものを美術品として、飾りものや鑑賞用にしている。日用品は日用品として使用するのがすじで、それが文化であると空外先生は言う。

たしかに聖武天皇の偉大さは、空外先生の話の通りだが、われわれ貧乏人が何千万円もする茶碗で、オドオドしながら茶を飲んでも、うまいとは思わない。これは育《そだ》ちの問題である。

白足袋族

名家旧家の文庫蔵《ぐら》から資料が出てきたり、インチキでない埋蔵文化財によって、歴史の一部が塗り替えられることは、当然の話で、学問の権威を損《そこ》なうものではない。

さて、今まで、さんざんプロとアマの話をし、プロの世界にちょっかいを出すべきではない、とくり返した。ここで、歴史については全くのアマが、まとめに一つ、歴史の話をする。アマの話であるから、そのまま信ずることもないが、好事家《こうずか》には、一つの参考になるかもしれない。

言ってはならないこと、口に出してはいけないことを、俗に「墓場まで持って行く」と言う。ほんとのことを知っていても、かたくなに口をつぐんでいる人種がいる。それを「白足袋族」と言う。つまり、神官僧侶、残滓貴族、

茶人、文人と言われる人で、多くは、職業的或いは日常的に白足袋を使用する人たちの中の、ごく一部のグループを漠然と指《さ》すのである。当然、この人種は関西に多く、貴人から下賤のものまである。

ここに、その白足袋族が秘蔵していた一枚の写真がある。初見のとき、たいていの人は、合成か作りものであろう、と思う。

ところがこの写真は、そのままの形で実在する、ほんものの写真であることが、第三者から証明された。講談社発行の「再現日本史」幕末・維新⑧の三十三ページに掲載されている。上野彦馬という著名な写真師の撮影であることは間違いないが、撮影時期と写真の解説が全く違う。徹底して違うところは、当冊子の写真には人物名が明記してある。そしてこれは、思いがけない群像である。

講談社の写真説明には、幕末の長崎の学習塾で、大隈重信経営、校長フルベッキ、学監副島種臣とある。だが当時、写真撮影などは贅《ぜい》中の贅で、ただの塾生の記念写真など撮《と》る時代ではなかった。撮影の際、数分間は微動だに出来ない時代である。坂本龍馬が机に寄りついた写真は有名だが、数分間静止する必要性から机を利用している。
これだけの人数を撮る場合、今なら焼き増ししてひとりく〳〵に配布されてしかるべきだが、その形跡はない。

白足袋族の明治維新

幕末、威信の衰えた幕府は、黒船の来航で開港問題を持てあまし、益々権力を失墜して行く。内憂外患の言葉通り。それはわかるが、二百六十余年間も続いた権力態勢というものは、それが形骸に近いものであっても、これを倒《たお》そうとするには、よほどの力を要する。武力つまりは体力よりか精神力を必要とするものだ。封建体制下には、儒教思想も根底にあって、君臣の義というものは、簡単に消失するものではない。

ところが、その時、本州の末端にある長州、つまり山口県一県くらいが倒幕の狼煙《のろし》を揚《あ》げたということは、まさしく蟷螂《とうろう》の斧であったはずである。

たしかに長州は外様《とざま》で、関ヶ原以来、よい境遇にはなかったが、そういう条件は長州に限っ

たことではない。幕府の長州征伐に敗退して、一旦は矛《ほこ》をおさめたのに、高杉晋作が出てきて、また倒幕運動がおこる。

何故これほどまでに、大きな権力にぶっつかって行ったか。いろ〳〵な説明がなされているが、どうにも素人には納得が行かない。吉田松陰の訓育があったとはいえ、小規模の短期間の貧乏塾が天下をゆり動かしたとまでは考えにくい。もちろん松下村塾生が後に政権を握ったことは事実だが、それは結果論で、松陰のような塾は、他にもいくつかあった。そして、かの有名な「七卿《きょう》落ち」の落ち行く先は長州であった。と考えて行くと、なにか他に、討幕の意図、倒幕の理由があったのではないか。

白足袋族は、そう考えていたのである。

龍馬の登場

坂本龍馬が登場する。まれに見る統御《とうぎょ》の才と、人心収攬《しゅうらん》の術を心《こころ》得ていた。犬猿の仲の薩長を結びつけた。両藩の交易の面倒《めんどう》までみて根まわしをしている。

両藩とも、トップに、龍馬の叡智《えいち》に応《こた》えるだけの逸材《いつざい》がいたからであった。

しかし、どうもそれだけでは釈然としない場合は「時の流れ」とか「時の勢い」という言葉に集約して、打ち止めにしてしまう。

これにも、なにかがあったのではないか、と白足袋族は考えたのである。

岩倉の言動

岩倉具視が登場する。軟禁の身であったが、許されてまた暴れ出した。偽《にせ》の討幕密勅を作ったり、錦《にしき》の御旗を織らせたり、傍若無人の振舞いに出た。こんなアクの強い男が朝廷側にいて、しかも朝廷無視の行動に出ている。

戦前つまり昭和初期の歴史書の中に、岩倉が明治天皇に対して「そんなわがままは、許しませんぞ」と言って脅《おど》かすくだりがある。それを読んだ人は、岩倉ってヤツは、なんて不忠な野郎だと憤慨《ふんがい》し、岩倉嫌《ぎら》いになった。実は、この時、岩倉は、もっとひどいことを天皇に言っていることを、白足袋族が知っている。

岩倉は、五百円紙幣の顔になったが、明治維新の立役者だからであろう。史家の中には、もし岩倉の暗躍がなかったら、明治維新は、あと数年は遅れたであろうと評価する人もいる。「御仁愛」という有名な絵画が印刷されて雑誌の付録になった。その絵は、明治天皇が岩倉の病床をお見舞いしている情景である。岩倉が布団の上に上半身を起こして頭を深く垂れ、両手を合わせて拝《おが》んでいる。明治天皇は毅然として立っている。

右の二つの話は、どちらもほんとうであろう。恐らく岩倉が天皇に、臣下にあるまじき口をきいたのは、維新の功を鼻にかけていた時代で、天皇は十代。「御仁愛」の時は、天皇は大帝として御稜威《みいつ》天下に遍《あまね》き時代であったのであろう。これはもう貫禄《かんろく》の差である。

維新秘策会議

さて、この一枚の写真に、幽閉の身の岩倉は登場していない。岩倉の次男と三男が、朝廷側としてはいっている。

高杉晋作も龍馬も中岡愼太郎も写《うつ》っている。高杉は慶應三年四月病死。坂本らは十一月に暗殺されているから、この写真は、それ以前に撮影されたものである。

・〜・〜・〜・〜・

西郷隆盛は、上野の銅像をはじめ、顔も体格も、がっしりしている西郷像が日本人には定着しているが、彼は流人《るにん》の時代もあったし、三十代の西郷は、どちらかと言えば、やせぎすの感じさえした、と、身内の者が語っていたという。

桂小五郎、西郷、大久保等、維新の立役者は、ほとんど勢揃いしているが、その後の明治政権を支えた伊藤博文、大隈、副島、陸奥、江藤等々が揃いぶみしているのに加えて、さらに奇異な人物が、遠慮深げに顔を見せている。幕府側の勝海州である。

小学生でも名前を知っている坂本・高杉・桂・西郷・大久保・勝らが、すでにこの時、一堂に会していたとしたら、これは大へんなことである。

もしこの写真を松本清張に渡したら、どんな長編歴史小説を書くであろうかと思うと、残念至極である。もちろん司馬遼太郎でもよいが、歴史的に、かたく寄りすぎるかもしれない。清張のほうが、はてしなく展開するような感じがする。

・〜・〜・〜・

さて、一番の問題は、ここに登場する人物名が、果たして、その本人であろうか、ということである。

これは、記名断定した白足袋族の一人を信用する以外にはない。先に、白足袋族には貴賤があると記したが、この人は、やんごとなき身分の方である。こんなことで目立《だ》とうとか、売名、金銭等、およそ無関係な人物である。そもそも常識的に考えて、いい加減な類推で断定する問題ではないし、興味本位の問題でもない。そして、かなりの裏づけをとった結果である。

たとえば龍馬でも高杉でも桂でも、ここに登場する人物の個別写真が、半数近く別に残っているから、それらと比較すると、素人でも、同一人物と断定できる人物がかなりいる。

・〜・〜・〜・

この写真を眞実とし、登場人物を、この通りの人物とした場合、明治維新は、実にこの写真一枚に具現されているのである。そしてあの維新が、もちろんはかりしれない困難があったにせよ、あれだけスムーズに到来した謎も、この写真で納得できるのである。

写真の中央に、まだ十三歳の、凛凛《りり》しい少年が写《うつ》っている。なぜ、この少年が、中央の、この位置にいるのか。この少年は誰なのか。

白足袋族の話によると、後醍醐天皇の第十一皇子、直系の末裔であると言う。（第一皇子は護良親王で鎌倉宮に祀《まつ》られている。）

陸奥宗光 (22)
石橋重朝
山中一郎
吉井友実
香月経五郎
五代友厚 (31)
鮫島誠蔵 (21)
丹羽竜之助
中村宗見 (25)
寺島陶蔵
新納刑部
西郷従道 (23)
西郷隆盛 (39)
大久保利通 (36)
小松帯刀 (31)
村田新八
伊藤博文 (25)
井上聞多 (31)
江藤新平 (32)
中重承之
中野健明
勝海舟 (43)
横井太平 (甥)
横井小楠 (57)
横井左平太 (甥)
日下部太郎
坂本龍馬 (31)
高杉晋作 (27)
岩倉具定 (具視次男) (15)
岡本健三郎 (24)
副島種臣 (38)
フルベッキ博士 (36)
ウイリアム・フルベッキ (長男) (5)
大木喬任 (34)
岩倉具経 (具視三男) (13)
江副廉蔵 (18)
大隈重信 (28)
中岡慎太郎 (28)
桂小五郎 (33)
大村益次郎 (42)
長崎オランダ塾にて
慶応元年二月 (一八六五年)
フルベッキと塾生たち
撮影 上野彦馬
写真修生 田中勝利

本書に対するご意見、ご感想などございましたら差込みハガキにてお送り下さい。著者が書面でお答え致します。

火事と喧嘩は江戸の華

二〇〇二年九月一日　第一刷発行

著者　巨榧山人
装丁　狩野梨絵

発行　㈱あるむ
名古屋市中区千代田三―一―一二
第三記念橋ビル３Ｆ　〒四六〇―〇〇一二
電　話（〇五二）三三二―〇八六一
ＦＡＸ（〇五二）三三二―〇八六二
ホームページ http://www.arm-p.co.jp
eメールアドレス arm@a.email.ne.jp

ISBN 4-901095-20-X　C0036